명주 어린이 교양서

가족은 나의 힘

전정판

글 고정욱 | 그림 최은영

도서출판 명주

사랑과 행복을 주는 가족

'아무리 보잘것없이 허름한 집이라도 내 집보다 편한 곳은 없다.'고 합니다. 왜 그럴까요? 집에는 바로 나를 사랑해 주고, 나를 지지해 주는 가족들이 있기 때문입니다.

어린이들은 학교나 학원 등에서 또래 집단들과 생활하면서 알게모르게 마음에 상처를 입는답니다. 그런데 이런 상처를 입은 아이들에게 만약 가족이 없다면 어떻게 될까요? 마음의 상처를 입은 아이들이 집에 돌아가서 가족의 품에 안길 때 비로소 상처를 치유할 수 있다고 합니다. 상처난 마음을 어루만져 주는 엄마와의 대화, 그리고 형이나 누나의 따뜻한 위로, 아빠의 용기를 북돋워 주는 얘기들이 상처를 아물게 하면서 몸과 마음이 건강한 어린이로 자랄 수 있게 한답니다.

어린 시절에 내가 목발을 짚고 밖에 나가 놀면 지나가던 어른이나 아이들이 동정 어린 눈이나 심한 말로 상처를 주곤 했습니다.

그럴 때면 나는 가슴이 미어지는 아픔을 느꼈지요. 하지만 집에 돌아오면 자애로운 어머니가 마음의 상처를 어루만져 주곤 했습니다. 그래서 자존감에 상처를 입었다가도 이내 회복되곤 했습니다.

　나는 이때부터 '가족의 힘'에 대해서 알게 되었답니다.

　그런데 요즈음은 가족의 모습이 많이 바뀌고 있습니다. 서로 바쁘다 보니 가족 간에 대화할 시간도 줄어들고, 얼굴 보기도 힘이 듭니다. 심지어는 가족이 뿔뿔이 흩어지는 경우도 많습니다. 어떤 사람들은 가족의 위기가 오고 있는 징조라고 합니다. 정말 가족에게 위기가 왔다면 우리 모두는 이 위기를 극복하기 위해서 노력을 해야 합니다. 그래서 가족 간의 사랑과 역할에 대해서 더 많이 생각하고 실천해야 할 때인 것 같습니다.

　우리 어린이들도 이 책을 읽고 가족의 사랑에 마음의 뿌리를 두고 몸과 마음이 건강하게 자랐으면 좋겠습니다. 그래서 친구들과도 서로 따돌리거나 괴롭히는 일 없이 함께 놀고, 얘기하고, 서로 따스한 마음을 나누면서 행복하게 커 갈 수 있으면 참 좋겠습니다.

북한산 기슭에서

고정욱

차 례

1

가족은 무엇인가요?

가족에 대해 서로 많이 알게 되면

더 사랑할 수 있게 되고
함께 행복해질 수 있대.

우리들 대부분은 가족들과 살고 있어요. 가족과 사는 게 아주 당연하다고 생각하지요. 그래서 가족에 대해서 생각할 기회가 없었을지도 몰라요. 어린이 여러분은 가족이 무엇인지에 대해서 생각한 적이 있나요? 우리와 함께 살고 있지만 정작 서로 잘 모르고 있는 게 가족일 수도 있어요. 이제부터 가족에 대해서 알아보는 여행을 떠나기로 해요.

*가족이란 무엇일까요?

 대부분의 사람들에게 '가족이 무엇이냐?'고 묻는다면 아마도 다음과 같이 대답할 거예요. 엄마와 아빠 그리고 자녀인 우리들이 가족이라고요.

그렇다면 아빠 엄마와 고모, 이모가 우리와 함께 사는 것도 가족일까요? 아니면 혼자 사는 옆집 아저씨도 우리 가족이라고 부를 수 있을까요? 재민이네 엄마는 이혼해서 아들과 단둘이 살고 있는데 재민이와 재민이 엄마는 가족인가요?

8

가족에 대해서 아주 쉽게만 생각했는데 그렇지 않은 것 같죠? 이런 궁금증들이 이 책을 읽다 보면 풀어질 거예요. 대부분의 사람들은 가족은 언제나 함께 같은 공간에서 밥을 먹고, 얘기하고, 잠을 자면서 서로에게 힘이 되고, 의지할 수 있는 가장 소중한 사람들이라고 생각합니다. 이렇게 소중한 가족들은 서로에게 어떤 역할을 할까요?

가족의 역할

가족의 소중함을 알고 가족에게서 힘을 얻으려면 가족에 대해 잘 알아야 하겠죠? 그래서 가족 간에 양보하고, 서로 돕고, 이해하며, 같은 생각이나 취미를 가지는 것도 중요하다고 합니다. 가족이 함께하는 게 많다면 서로에 대해 잘 이해할 수 있을 거예요.

좋은 일이 생기면 서로 기뻐해 주고, 슬픈 일이 생기면 위로해 주는 게

*가족

가족이라 하면 보통 결혼이나 핏줄로 맺어진 관계를 말합니다. 이를테면 남편과 아내, 부모와 자식, 형제자매 같은 관계이지요. 이익 관계를 떠나서 사랑에 바탕을 둔 관계이며 집안 대대로 이어오는 예절 등의 가풍도 갖고 있답니다. 그러나 시대가 바뀌고 사회가 변하면서 가족의 모습과 기능도 점점 달라지고 있답니다.

가족이랍니다. 가족의 생일에는 함께 축하를 하고 케이크를 자르고 선물을 나누기도 하지요. 몸이 아플 때는 빨리 낫기를 기원하면서 꼬옥 안아 주기도 합니다. 이런 위로의 말에 힘을 내고, 행복을 느끼는 게 가족이랍니다. 그래서 가족과 있으면 마음이 편안하고 행복해진답니다.

이렇게 서로를 배려하는 따스한 가정에서 자란 어린이들은 자존감도 높고, 사회생활도 잘한답니다. 어떤 일에 실수를 하거나 실패를 해도 스스로를 다독여서 마침내 자신이 하고자 하는 일을 이루어 낸답니다. 그래서 아기가 태어나서 어린이, 청소년기를 거쳐서 어른으로 잘 자라기 위해서 가장 중요한 역할을 하는 집단이 가족이랍니다. 그렇기 때문에 가족에 대해서 잘 아는 게 정말 중요하겠죠!

빨강머리 앤은
입양 가족이랍니다

《빨강머리 앤》이라는 만화 영화를 싫어
하는 어린이는 없겠지요?
이 만화 영화는 캐나다의 아동문학가인
'루시 모드 몽고메리'가 1908년에 쓴 소
설로 만든 것이랍니다.
이 소설은 '앤 셜리'라는 고아가 에이번
리 마을의 '초록색 지붕 집'의 매튜 아저
씨와 마릴라 아주머니에게 입양되어 성
장하는 과정을 그렸습니다. 앤은 어린 시절 조금 수다스럽고 때로는 엉뚱한
행동으로 말썽을 일으키기도 합니다.
하지만 앤은 아주 솔직하고 상상력이 그야말로 철철 넘치는 소녀랍니다.
남매 사이인 매튜 아저씨와 마릴라 아주머니는 이런 앤을 가족만이 줄 수 있
는 따뜻한 사랑으로 정성껏 돌보아 줍니다. 직접 낳은 아이는 아니지만, 입양

으로 소중한 가족이 된 것이지요. 《빨강머리
앤》은 일본 만화 영화의 거장인 '미야자키 하
야오' 감독이 1979년에 만든 작품입니다. 미
야자키 하야오는 《미래 소년 코난》과 《센과
치히로의 행방불명》으로도 유명하지요.

어떤 가족들이 있나요

　몇 천 가구가 사는 아파트에 가 보면 들어가는 문은 하나인데 층마다 여러 사람들이 살고 있습니다. 정말 많은 사람들이 살고 있지요. 그렇다면 같은 아파트에 산다는 이유로 모두 가족이라고 할 수 있을까요? 그렇지는 않습니다. 같은 아파트의 문으로 들어는 가지만 각 층마다 또 다른 각자의 대문이 있는 집이 있잖아요. 이렇게 문만 같을 뿐 사는 공간이 다른 사람들은 가까이 사는 이웃이라고 하지요. 이웃사촌이란 말 들어봤지요? 가까이 살면서 정이 들어서 친척 같다는 말이에요.

핵가족

　요즈음 우리의 가족 모습은 엄마 아빠와 아이들이 구성원이랍니다. 이런 가족을 '핵가족'이라고 합니다. 모든 가족은 바로 핵가족에서 출발하지요.

대가족

　이제는 많이 줄어들었지만 예전에는 대가족이 아주 많았습니다. 한집안에 할아버지, 할머니부터 삼촌, 고모 그리고 아빠, 엄마에 사촌들까지 다 어울려 살았지요. 이런 가족을 대가족이라고 합니다. 대가족에서 떨어져 나온 것이 핵가족입니다.

핵가족

대가족

한 부모 가족

다문화 가족

한 부모 가족

엄마 아빠 가운데 한 사람이 없는 가족도 있습니다. 이런 가족을 한 부모 가족이라고 합니다. 한쪽 부모와 자녀로 이루어진 가족이지요. 예를 들어 아빠가 돌아가셨거나 엄마 아빠가 이혼하여 한쪽 부모가 자녀를 기르는 가정입니다. 요즘은 이런 가족들이 늘어나고 있습니다.

다문화 가족

어린이 여러분들도 '다문화 가족'이란 말 많이 들어봤을 거예요. '다문화 가족'이란 나라가 다른 문화 속에서 자란 사람들이 결혼해서 한국에서 가정을 이룬 경우를 말합니다. 2019년을 기준으로 보면 우리나라에 살고 있는 외국인은 180만 명 정도이고, 이 가운데 다문화 가족은 3분의 1 정도랍니다. 그러니까 외국인이라고 모두 다문화 가족은 아닌 셈이지요.

친척이 뭘까요?

요즈음은 대부분 핵가족을 이루고 살기 때문에 엄마나 아빠의 형제자매들 간의 촌수도 잘 모르는 어린이들이 많을 거예요. 어린이 여러분들은 친척들의 범위와 촌수 등에 대해서 잘 알고 있나요? 어디 한번 확인해 볼까요?

아빠 쪽의 부모님이나 형제자매들을 '친족'이라고 하고, 엄마 쪽의 부모님이나 형제자매들을 '외척'이라고 한답니다. 그래서 아빠 쪽의 '친'과 엄마

다문화 가족이라는 말이 알맞은 표현일까요?

요즈음 우리가 살고 있는 지구촌은 나라마다 정보도 발달하고, 여행도

자유롭기 때문에 다른 인종과 문화가 섞이는 것은 자연스러운 일입니다.

그래서 다문화 가족이란 말은 다른 나라에서는 사용하지 않고 있답니다.

실제로 다문화 가족이라고 불리는 사람들 대부분은 이 표현을

싫어한답니다. 그냥 대한민국

'국민'으로 부르면 될 것을 굳이

다문화 가족이라고 부르는 게

오히려 편을 가르는 것 같아서

불편하다고 합니다.

쪽의 '척'을 합쳐서 친척이라고 하지요. 여러분들도 많이 들어봤을 거예요.

그럼 할아버지, 할머니부터 따져 볼까요!

할아버지, 할머니

아빠를 낳으신 아빠의 부모님을 우리는 할아버지, 할머니라고 한답니다.

할아버지, 할머니를 조부모님이라고도 하지요. 그럼 조부모님에게 우리들은
남자아이는 손자, 여자아이는 손녀가 된답니다.

엄마에게도 낳아 준 부모님이 계시잖아요. 그분들은 외할아버지, 외할
머니라고 우리가 부른답니다. 엄마의 친정집을 외갓집이라고 하잖아요. 거
기서 따온 '외'랍니다. 그래서 외조부모님들은 우리를 외손자, 외손녀로 부
른답니다.

외할아버지   외할머니   아버지

어머니

나   동생

삼촌, 숙모, 고모

아빠 쪽을 살펴보면 아빠 형제들을 우리는 그냥 삼촌이라고 부르거나 친삼촌이라고 한답니다. 그러나 아빠보다 나이가 위인 삼촌이 결혼을 하면 큰아버지, 아빠보다 나이가 아래인 삼촌이 결혼을 하면 작은아버지 이렇게 부르지요. 또는 큰아버지를 백부, 작은아버지는 숙부로도 부른답니다. 백부의 부인은 백모 또는 큰어머니, 숙부의 부인은 숙모 또는 작은어머니라고도 합니다. 아빠의 누나나 여동생은 고모라고 하지요. 고모의 남편은 고모부이고, 고모의 자식들과 우리는 고종사촌이라고 한답니다. 고모가 많으면 순서대로 큰고모, 둘째고모, 막내고모라고 부르면 된답니다.

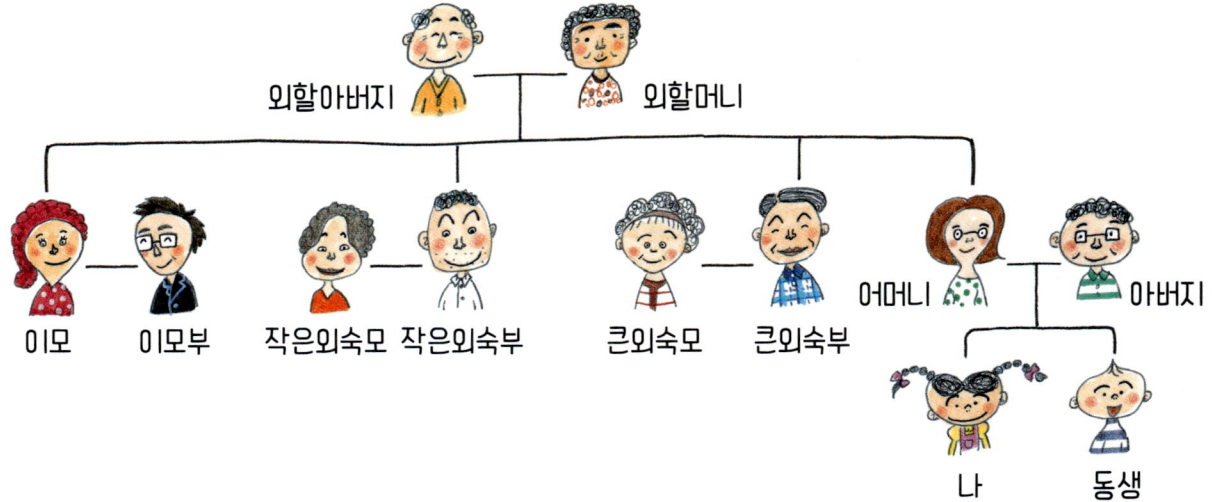

이종사촌, 외사촌

엄마의 자매를 이모라고 부르고, 이모가 결혼을 하면 이모의 남편을 이모부라고 합니다. 이모가 많으면 순서대로 큰이모, 둘째이모, 셋째이모, 막내이모 등으로 부르면 됩니다. 이모의 아들이나 딸을 이종사촌이라고 하지요.

엄마의 남동생이나 오빠는 외가 쪽이니까 외삼촌이라고 합니다. 외삼촌이 결혼을 하면 외숙부라고 하고, 부인은 외숙모라고 부릅니다. 외숙부의 자식들과 나는 외종사촌이라고 합니다. 줄여서 외사촌이라고도 해요.

요즈음은 따로 핵가족으로 살아서 이렇게 많은 친척들이 있어도 자주 만나지 못하고 추석이나 설 등의 명절 때나 만나기 때문에 촌수도 가물가

물하지요. 그리고 예전처럼 형제자매가 많지 않아서 이모가 없는 어린이, 삼촌이 없는 어린이들도 많을 거예요. 그렇다고 친척에 대한 공부를 아예 하지 않으면 나중에 어린이 여러분이 결혼을 해서 자식을 많이 낳았을 때 정작 아이들에게 촌수 교육을 시키지 못할 수도 있으니 알아 두기는 해야겠죠.

아하 그렇구나

김해 김씨와 다문화 가족

경상남도 김해시에서는 해마다 음력으로 3월 14일~17일에 '가야 문화 축제'를 엽니다. 서기 42년에 가야국을 세운 김수로왕의 업적을 기리고 찬란했던 가야 문화를 되새겨 보는 행사이지요. 2014년에는 '김수로왕과 허황후의 영원한 사랑의 길'이라는 주제로 축제를 열었습니다. 김수로왕은 인도 아유타왕국에서 배를 타고 온 허황옥 공주를 왕비로 맞았습니다.

요즘으로 치면 그때 국제 결혼을 하고 다문화 가족을 꾸린 선구자인 셈입니다. 한마디로 이때부터 요즈음 말하는 다문화 가족이 생기기 시작한 게 아닐까요?

가족나무를 함께 그려 보세요!

어린이들이 명절에 친척을 만났을 때 호칭을 잘 부를 수 있도록 엄마 아빠와 함께 커다란 종이에 가족나무를 그려 보세요.

먼저 엄마 아빠 집안의 시조와 성씨의 유래 등을 설명해 주세요. 대부분의 어린이들은 성씨의 본관이나 역사 등에 대해서 잘 모르고 있으니까요. 성씨에 얽힌 일화를 얘기해 주면 아이들이 재미있어 할 거예요.

그리고 어린이들의 이름은 누가 어떻게 지었는지, 뜻은 무엇인지 등에 대해서도 얘기해 주면 자신의 이름의 역사를 알게 되니까 흥미 있어 할 거예요.

가족의 뿌리를 알게 해요

그 다음에는 할아버지 할머니, 외할아버지 외할머니를 나무 줄기에 놓고, 그 아래 각각 아빠 엄마의 나뭇가지를 그린 뒤 사진을 하나씩 붙입니다. 가지 수에 따라 나무가 뻗어 나간 것이 어린이들 자신이라는 것을 알게 하여 가족의 근원을 알도록 합니다.

할아버지

이때 서로 뭐라고 부르는지 촌수와 호칭도 가르쳐 주면 됩니다. 가지를 그리다 보면 자연스럽게 호칭과 촌수를 이해할 수 있답니다. 아울러 친척들이나 옛 조상들이 어떤 일을 하면서 살았는지도 들려주세요. 그러면 부모와 자식 간에 소통도 자연스럽게 된답니다. 그런 다음 할아버지 할머니에게 전화를 걸게 해서 자신이 배운 성씨의 유래 등에 대해서 이야기를 나누면 끈끈한 가족애가 생기게 된답니다.

가족의 촌수를 알아봐요!

할아버지와 아빠 사이는 1촌

엄마와 아빠 사이는 0촌

아빠와 나 사이는 1촌

엄마와 나 사이는 1촌

형제나 자매 사이는 2촌

할아버지와 나 사이는 2촌

삼촌, 고모와 나 사이는 3촌

가족끼리 서로 잘 모를 수도 있어요

가족들 대부분은 가정에서 많은 시간을 보냅니다. 그래서 밖에서 가족을 만나면 가끔은 당황할 때가 있답니다. 왜냐하면 집에서와 전혀 다르게 행동하는 것을 볼 때가 있기 때문이지요. 엄마 아빠는 물론 동생까지도 그럴 때가 있으니까요. 가족이라 할지라도 우리가 집에서 보는 모습이 전부는 아니라는 뜻입니다. 가족에 대해 서로 잘 알고 있다고 생각하지만 이렇게 잘 모를 수도 있답니다.

그래서 가끔 학교에서 담임선생님이 상담할 게 있다고 해서 엄마들이 학교에 가 보면 당황할 때가 있답니다. 아이가 생각도 못한 문제를 일으켜서 '내가 알던 내 자식이 맞나?' 하고 생각할 때가 있다고 합니다. 그래서 서로를 이해하려는 노력이 필요하겠죠? 엄마 아빠는 자녀들을 더 알고 이해하기 위해서 노력하고, 자식들도 엄마 아빠의 마음을 헤아리는 자세를 배워야겠죠. 이렇게 서로를 배려하고 이해하는 마음이 있어야 정말 따스하고 행복한 가족이 되지 않을까요?

가족도 노력해야 행복해질 수 있어요

"당신은 왜 이 모양이야! 옆집 민수 아빠를 봐! 돈도 잘 벌어 오고 얼마나 자상해!"

엄마들은 가끔 부부 싸움을 할 때 다른 집 아빠와 비교하면서 아빠와 다

툽니다. 그건 아빠들도 마찬가지입니다.

"내 친구 아내는 살림을 얼마나 잘하는지 몰라. 애들도 공부를 다 잘한
대. 당신은 집에 있으면서 도대체 뭐하는 거야!"

왜 이렇게 다투는 걸까요?

세상에 처음부터 완벽하고 행복한 가족은 없습니다. 문제가 있다면 서
로를 이해하고 보듬으면서 문제를 해결해 가려고 노력해야 즐겁고 행복한
가족으로 발전할 수 있답니다.

동생이 맨날 짜증만 내고 불평, 불만만 가득하다면 오빠나 형으로서 또
는 누나로서 동생의 하루를 한번 살펴보세요. 동생의 말에 무조건 윽박지
르고, 큰소리를 치기보다는 '동생이 왜 저러지?' 하고 관찰해 보세요. 분명

뭔가 그럴 만한 이유가 있다는 것을 알게 될 거예요. 이렇게 동생은 동생대로 형은 형대로 서로에 대해서 알기 위한 노력한다면 좀 더 훈훈한 가족이 될 수 있답니다.

전 세계의 어린이날

어린이날은 어린이들을 아끼고 존중하기 위해 정한 기념일입니다.
우리나라에서는 방정환(1899년~1931년) 선생님이 색동회 회원들과 함께 만들었으며, 1923년 5월 1일 첫 번째 행사를 열었답니다. 방정환 선생님은 1923년에 어린이 잡지인 《어린이》도 만든 훌륭한 분이지요. 어린이날의 기념일이 지금은 5월 5일로 바뀌었습니다.

그런데 다른 나라에도 어린이날이 있답니다. 일본은 우리와 같은 5월 5일이고, 중국은 6월 1일입니다. 그리고 캐나다는 11월 20일이고, 이슬람 국가들은 7월 4일입니다.

운명을 함께한 안네의 가족

안네 프랑크는 네덜란드의 수도 암스테르담에서 살던 유대인 소녀입니다. 제2차 세계대전이 일어났을 때 안네의 가족은 아는 사람이 제공한 아파트에서 숨어 살았답니다. 제2차 세계대전을 일으킨 나치 독일이 유대인들을 몹시 미워해서 잡아 가두고, 수용소에서 강제로 일을 시키고 목숨까지 빼앗았기 때문입니다.

1942년 6월 12일, 안네는 열세 번째 생일에 공책을 선물로 받고는 일기를 쓰기 시작했습니다. 안네는 일기장을 '키티'라는 다정한 이름으로 불렀지요. 키티는 안네가 자신의 마음을 솔직하게 말할 수 있는 유일한 친구였어요. 안네는 키티에게 두려움 속에서도 가족의 사랑으로 힘든 하루하루를 견뎌 가는 이야기를 성실하게 기록했답니다.

꿈 많은 소녀 안네는 체포되어 1945년 3월에 짧은 삶을 마쳤지만, 안네가 남긴 《안네의 일기》는 그 뒤 세상에 알려져 커다란 감동을 주었습니다. 나치 독일은 그 뒤에 자기들이 저지른 범죄를 철저하게 반성하고 민주주의 국가로 다시 태어났답니다.

2 가족은 어떻게 변해 왔나요?

농업 중심의 사회였던 조선 시대에는 농사를 짓기 위해서는 대가족이 필요했습니다. 그래서 할아버지 할머니 밑에 많은 식구들이 모여 살면서 일도 나누어서 했습니다.

하지만 요즘은 공장이나 회사에서 주로 일을 하는 산업사회로 바뀌면서 핵가족으로 바뀌었답니다. 가족의 모습도 사회가 변하면서 이렇게 바뀐답니다.

한국의 전통적인 가족과 불평등

한국의 전통적인 가족은 가족 구성원의 수가 많은 대가족입니다. 할아버지 할머니와 아버지 어머니 그리고 삼촌 고모들은 자녀를 4명 이상 10명까지 낳았습니다. 그런데 이렇게 수적으로 많은 가족들에게 평등한 권리가 보장되지 않았습니다. 손윗사람과 손아랫사람의 관계도 아주 분명했습니다.

그래서 조선 시대에는 부부와 자식 사이에 *삼강오륜을 따르도록 했습니다. 특히 그 가운데에서도 *장유유서라는 가르침을 보면 '나이 든 사람과

나이 어린 사람 사이에는 질서가 있어야 한다.'
고 해서 어른의 말을 아랫사람들은 군말 없이
따라야 했답니다.

"어흠! 어디 감히 어린 녀석이 어른 말을 듣
지 않고…."

옛날 드라마나 영화에서 보면 집안 어른이 한 마디를 하면 손아랫사람
들은 아무말도 못하고 시키는 대로 하는 것을 볼 수 있습니다. 손윗사람은
손아랫사람에게 명령을 하고 그에 따른 일이 생기면 책임까지 져 주었지
요. 하지만 손아랫사람은 자신의 생각대로 일을 하지 못하고 손윗사람의

*삼강오륜

유교의 도덕 가운데서 따라야 할 세 가지 규범과 다섯 가지 지켜야 할 도리를 말합니
다. 삼강 가운데 군위신강(君爲臣綱)은 임금과 신하, 부위자강(父爲子綱)은 부모와
자식, 부위부강(夫爲婦綱)은 남편과 아내 사이에 지켜야 할 도리입니다.
오륜은 아버지와 아들 사이의 도리인 부자유친(父子有親)으로 도가 친애에 있으며,
임금과 신하 사이의 도리인 군신유의(君臣有義)는 도가 의리에 있고, 남편과 아내 사
이의 도리인 부부유별(夫婦有別)에는 도가 인륜의 구별에 있으며, 어른과 어린이 사
이에 지켜야 할 도리인 *장유유서(長幼有序)에는 도가 질서와 차례에 있고, 친구 사이
의 도리인 붕우유신(朋友有信)에는 도가 서로의 믿음에 있다고 했습니다.

명령을 거부하거나 스스로의 권리를 내세울 수도 없었습니다. 이런 제도 때문에 가족들 사이에서 상대방에 대한 배려도 부족하고 원활한 소통도 하기 힘들었답니다.

그래서 옛날에는 아들이 결혼을 해도 아내보다는 어머니 말을 따라야 했습니다. 여자들이 시집살이로 고생을 많이 한 이유들도 이런 풍습이 영향을 끼쳤답니다. 전통사회에서는 평등한 인간 관계가 아니라 윗사람이 명령하면 아랫사람이 무조건 따라야 하는 수직적인 관계였기 때문이랍니다.

중매로 하는 결혼 풍습

결혼도 마찬가지입니다. 요즘은 남녀가 서로 사랑해서 결혼을 합니다. 하지만 과거에는 부모가 정해 주는 대로 해야 했습니다. 조선 시대만 해도 서로 어울리는 집안끼리 결혼을 시키기 위해서 중간에 다리를 놓는 사람이 오고 갑니다. 그런 사람을 '중매쟁이'라고 했습니다. 그렇게 중매쟁이가 다리를 놓아 적당하다 싶으면 결혼을 했기 때문에 신랑 신부가 결혼식 전 날까지 얼굴을 볼 수 없는 경우도 많았답니다. 이런 일은 불과 50~60년 전까지도 있었던 일이랍니다.

남녀 불평등 제도는 언제 시작되었나?

아하 그렇구나

과거의 가족제도에도 좋은 점은 있습니다. 고려 시대에는 남녀 차별이 적었고, 부모의 재산을 나눌 때도 아들과 딸이 동등한 상속권을 가졌습니다. 상속을 동등하게 받았기 때문에 부모의 제사도 함께 모셨습니다.

어른들로부터 삶의 지혜를 자연스럽게 물려받을 수 있는 장점도 있었습니다. 가풍을 지키고, 생활 속에서 가르침을 배우고, 노인 문제도 발생하지 않았답니다.

우리나라가 가족의 소중함을 중요하게 여기는 문화는 바로 이런 유교적 전통이 남아 있기 때문입니다. 조선 시대에도 고려의 이런 전통이 이어지다가 세종 임금을 지나면서 유교가 좀 더 강화되면서 남녀 간에 불평등이 나타나기 시작했습니다. 성종 시대에는 여자가 다시 결혼하면 자식들이 과거 시험을 보지 못하도록 했습니다. 그래서 자식들의 미래를 위해 여자로서의 삶을 포기하게 되었습니다.

게다가 자녀들에게 고르게 나눠 주던 재산도 임진왜란과 병자호란 이후에는 모두 맏아들에게 주게 됩니다. 그러면서 남자와 여자와의 사회적 차별이 점점 더 심해지게 되었답니다.

어디 아녀자가 말대꾸를….

그게 아니라 … 흑흑

현대의 민주적인 가정과 평등

사람들이 모이면 누군가는 그 무리를 이끌어야 합니다. 한 마디로 누군가가 리더가 되어야 합니다. 과거의 가족은 힘이 윗사람에게 있었습니다. 하지만 핵가족인 요즘은 그 힘이 나뉘어졌습니다.

"아빠에게 여쭤 봐야 해."

핵가족에서는 일반적으로 리더는 아빠인 경우가 많습니다. 이럴 때 아빠가 의견을 제시하고 명령을 주로 합니다. 예를 들어 학교에 갔다가 집에 돌아오는 시간을 정한다거나, 잘못을 저지르는 아이들이 있으면 야단을 치는 역할 등을 합니다. 옛날에는 이런 가정이 가장 흔한 가족의 형태였습니다. 요즘도 아버지가 가족을 이끄는 경우가 많습니다.

그 다음에는 엄마가 가족을 이끄는 경우입니다. 그래서 엄마의 통제에 의해서 아이들이 교육을 받습니다.

"나는 우리 엄마가 제일 무서워. 학원 빠지면 혼나!"

"우리 아빠도 엄마한테 꼼짝 못해!"

이런 말을 하는 어린이들이 있다면 엄마가 가족의 리더일 가능성이 높습니다.

리더십을 나눠 갖는 민주적인 가정

그밖에는 민주적인 가정이 있습니다. 이런 가족은 남편과 아내가 서로

리더십을 나눠 갖습니다.

"이번 토요일에는 대청소를 하려고 하는데 당신 생각은 어때요?"

"나는 이번 토요일에 별다른 약속은 없어요. 그러니 당신 뜻대로 대청소를 함께할 수 있을 것 같소."

황제 펭귄의 지극한 새끼 사랑과 가족 사랑

아하 그렇구나

황제 펭귄은 펭귄 가운데에서 키가 크고 가장 무거운 종입니다.

남극에서만 살고 있는데, 다 크면 키가 122센티미터 정도이고 몸무게는 22~37 킬로그램이나 된답니다.

황제 펭귄은 아주 추운 겨울에 알을 낳습니다. 짧은 걸음으로 50~120킬로미터의 얼음 위를 걸어 알 낳을 장소에 무리를 지어 갑니다. 그 장소에서 몇 천 마리가 모여 짝짓기를 한 뒤에, 암컷들은 단 한 개의 알을 낳게 되지요.

그때부터 수컷의 고난은 시작됩니다. 알을 낳은 암컷이 바다로 먹이를 구하러 간 사이에 수컷은 영하 60℃까지 떨어지는 추위를 견디면서 겨우내 알을 다리 사이에 품습니다. 그동안 수컷은 물만 먹으면서 버틴답니다. 엄청난 추위를 견디고 알이 부화되면 수컷은 뱃속에 간직했던 물고기를 새끼에게 줍니다.

그리고 암컷이 바다에서 돌아오면 교대한 뒤에 바다로 먹이를 잡으러 가지요.

새끼를 지키기 위한 황제 펭귄의 가족 사랑과 고난을 이겨내는 마음을 사람들도 본받아야 할 것 같습니다.

"너희들도 시간 있지?"

"네, 이번 주 토요일은 저도 제 방 청소를 좀 하려고 했어요. 잘되었네요!"

엄마나 아빠가 의견을 말하고, 아이들이 동의해서 문제를 해결하는 가족이 민주적 가정이랍니다. 대청소를 할 때도 가족 모두 집안 곳곳의 먼지를 쓸고 닦다 보면 가족들 사이에도 서로 배려하는 마음이 생기고, 가족 간의 끈끈한 정도 더 많이 생긴답니다. 민주적인 가정이 가장 바람직한 가족이라고 할 수 있습니다.

민주적인 가정을 위해 필요한 가족회의

어떤 형태의 가족이든 의견을 통일하고 소통해야 할 필요가 있습니다. 그럴 때 하는 것이 가족회의입니다. 회의라니까 어려운 것 같지만 학교에서 가끔씩 하는 분단별 회의 정도로 생각하면 됩니다.

가족회의에서는 어린이들도 충분히 자신의 생각이나 의견을 말할 수 있어야 합니다. 가족회의를 하는 이유는 어떤 일을 결정할 때 가족 모두의 생각과 의견을 반영하기 위해서입니다. 민주적인 가정을 위해서 엄마 아빠의 일방적인 얘기와 강요가 아니라 가족 모두에게 동등한 발언권을 주고 서로의 이야기를 잘 듣고 결정하는 게 중요합니다.

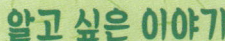

다른 가족들과 함께 사는 공동체 가족

공동체 가족은 이스라엘의 '기브츠'가 대표적입니다. 기브츠는 집단농장인데, 집단으로 모여서 농사를 짓기 시작한 이유는 누군가 공격해 올 때 힘을 합쳐서 막기 위해서랍니다. 기브츠에서는 옷도 같이 나누어 입고, 아이들도 엄마 아빠들이 공동으로 키웁니다. 유치원과 학교도 공동으로 운영하지요.

날이 갈수록 핵가족에게 문제들이 생기고 있습니다. 맞벌이 부부가 늘어나면서 아이들을 제대로 돌봐 줄 시간이 부족해서 많은 문제가 발생하고 있지요. 그래서 이런 문제들을 공동체 가족을 통해서 해결하려는 사람들이 늘어나고 있답니다.

여러 가족이 모여 사는 화성 '산안마을'

우리나라에도 이런 가족이 생기고 있습니다. 대표적인 것이 화성의 '산안마을'입니다. 이곳은 일본에서 마을 공동체를 만든 야마기시의 생각을 이어받아 많은 가족들이 함께 모여 살고 있습니다. 2만 마리의 닭을 키우며 공동으로 자녀들을 돌보고, 개인의 재산을 주장하지 않고 함께 어울려 지내고 있습니다.

이런 공동체 가족을 꾸리면 각자 서로의 역할을 나누어야 합니다. 아이들을 기르는 사람, 돈을 벌어 오는 사람 등등으로 나누어야 하지요. 이렇게 함으로써 가족들 사이의 소통이 더 잘 이루어지고, 핵가족이 겪는 여러 어려움도 이겨낼 수 있답니다.

농촌에서는 여러 핵가족이 모여서 함께 농사를 짓고 생활하는 가족이 있을 수 있고, 도시에서도 핵가족이 뭉쳐서 사는 경우도 있습니다. 대여섯 가족이 큰 집 하나를 마련해서 함께 사는 것도 공동체 가족이라고 한답니다.

3 가족의 힘은 사랑이에요!

가족은 서로 사랑한다고 합니다. 그런데 간혹 사랑을 물건이나 돈으로 대신할 수 있다고 생각하는 어린이들이 있습니다. 그래서 내가 너를 사랑하니까 다른 걸로 보상해 달라고 하기도 합니다.

사랑은 그렇게 재거나 다른 물건으로 바꿀 수 있는 것이 아닙니다. 조건 없이 희생하는 것이 사랑이기 때문입니다.

사랑은 소중한 가족의 힘이에요

우리는 기분이 좋으면 몸이 활기차게 변하는 걸 느낄 수 있습니다. 반대로 우울하거나 피곤하면 몸이 찌뿌드드 하지요. 사랑받지 못한 아이들은 우울한 증상이나 두통, 신체적 문제 등을 보인다고 합니다.

예를 들어 엄마 젖을 먹는 아기는 몸무게도 더 많이 나가고 잘 울지도 않는다고 합니다. 하지만 엄마가 바빠서 분유를 먹이거나 잘 안아 줄 수 없는 아기들은 성격이 아주 예민해지면서 잘 운다고 합니다. 이렇게 가족 간의 사랑은 우리들을 행복하게도 하고 슬프게도 할 수 있습니다. 그러니 가

족들 간에 어떻게 해야 행복해질 수 있는지도 잘 알아야겠죠?

가족의 사랑은 자존감을 높여 줘요

가족들이 사랑하는 마음과 함께 서로 '너는 할 수 있다.'고 용기를 북돋워 주면 실패를 두려워하지 않고 하고 싶은 일에 도전을 할 수 있게 됩니다. 그리고 실패를 해도 좌절하지 않고 다시 일어서서 자신의 꿈이나 목표를 이루어 갈 수 있답니다. 이런 힘도 가족의 사랑이 있기 때문에 가능한 것이지요.

이렇듯 누군가가 사랑해 주고 인정해 주면, 어린이는 스스로를 믿고 사랑하는 마음인 자존감이 점차 높아지면서 긍정적인 아이로 자라게 됩니다. 그래서 자신을 아끼고 믿어 주고 사랑해 주는 엄마나 아빠, 언니, 오빠 등을 위해 최선을 다하게 됩니다. 사랑을 받으니까 자신을 소중한 사람으로 여기게 된답니다.

이렇게 가족들 사이에서 사랑이 넘치는 분위기에서 자란 아이들은 적극적이고, 활기차고, 긍정적인 어른으로 자라게 된답니다.

사랑은 우리 어린이들의 정서를 안정시켜요

가족들 사이에 사랑이 없으면 어떻게 살까요? 불교에서는 사람이 죽어서 가는 곳 가운데 가장 끔찍한 곳을 지옥이라고 합니다. 그곳에는 미워하는 사람들만 가득하답니다. 사랑이 없는 미움으로 가득찬 곳에서 살면 우리는 행복할까요? 그 반대겠죠.

사랑하는 사람들과 함께 있으면 어떨까요? 좋아하는 사람들끼리 만들어가는 행복하고 화목한 가정에서 자란 어린이들은 정서도 안정되어 있으며, 감정 조절도 잘하는 어른으로 성장하게 된답니다.

사랑은 즐거움을 줘요

사랑을 하면 즐겁습니다. 별것 아닌 일에도 까르르 웃게 됩니다. 사람을 유쾌하게 만들고, 흥분하게 하지요. 사랑은 이렇게 우리에게 행복감과 즐거움을 줍니다. 그리고 사랑이 있어야 자기 주변을 돌아보고,

세상을 아름답게 보며 그것을 위해 열심히 살려는 성실하고 선한 마음도 갖게 된답니다.

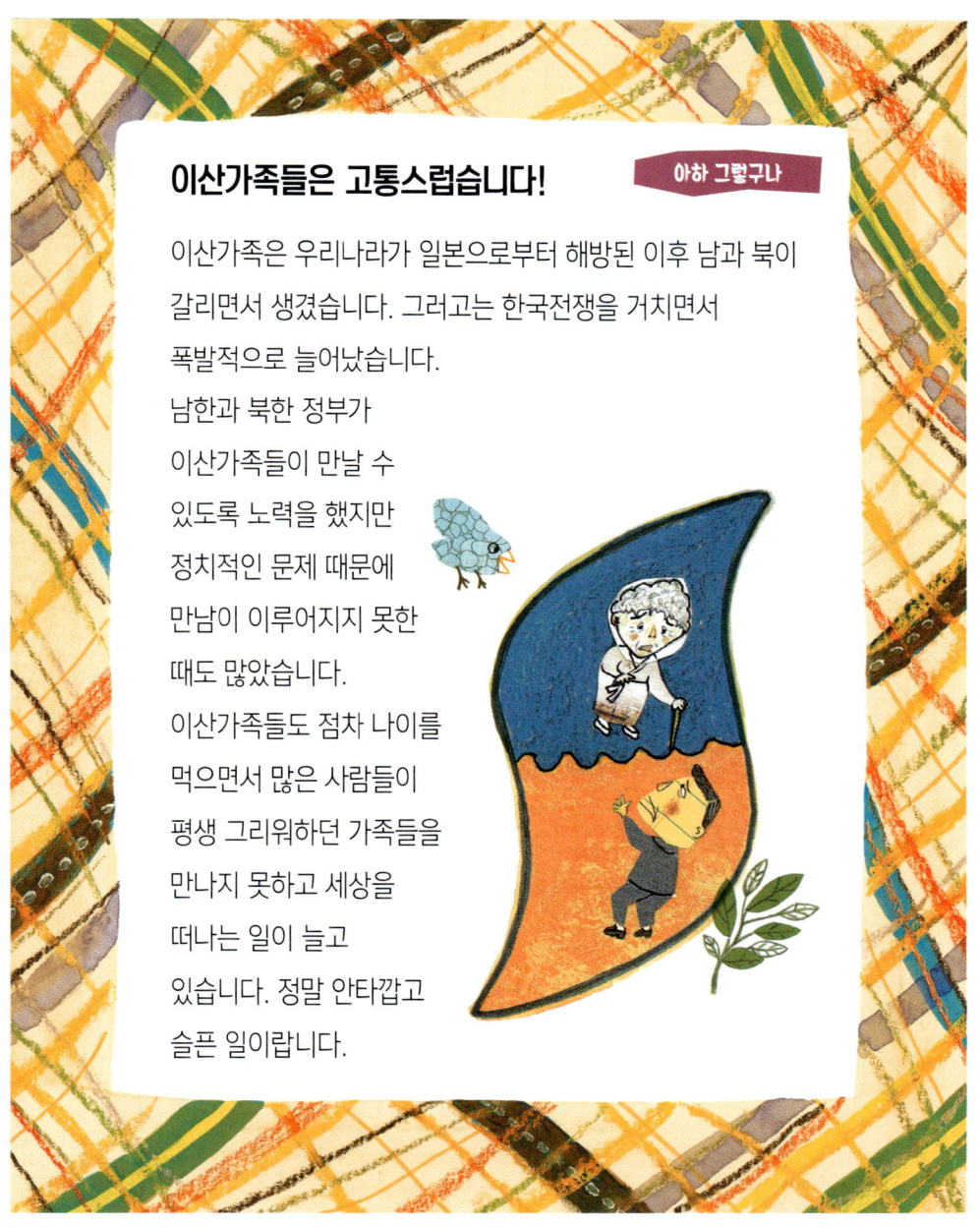

이산가족들은 고통스럽습니다!

아하 그렇구나

이산가족은 우리나라가 일본으로부터 해방된 이후 남과 북이 갈리면서 생겼습니다. 그러고는 한국전쟁을 거치면서 폭발적으로 늘어났습니다. 남한과 북한 정부가 이산가족들이 만날 수 있도록 노력을 했지만 정치적인 문제 때문에 만남이 이루어지지 못한 때도 많았습니다. 이산가족들도 점차 나이를 먹으면서 많은 사람들이 평생 그리워하던 가족들을 만나지 못하고 세상을 떠나는 일이 늘고 있습니다. 정말 안타깝고 슬픈 일이랍니다.

90대 어머니와 70대 아들의 자전거 여행

"아들아, 죽기 전에 티베트에 꼭 한번 가 보고 싶구나."
어느 날 평생 고생만 한 어머니가 아들에게 여행을 가고 싶다고 말합니다.
"어머니, 제가 꼭 모시고 갈게요."
이 말을 들은 아들은 어떻게 해서든 어머니와 함께 여행을 떠나기로 결심을 합니다.

어머니와 세발자전거로 여행을 떠났어요!

하지만 가난한 아들은 여행비를 마련할 길이 없었습니다. 그래서 아들은 세발자전거를 마련해서 그 위에 비바람을 피할 수 있도록 지붕을 씌웠습니다. 그리고 그곳에 어머니를 태우고 여행을 떠났습니다. 자신을 낳아서 길러 주신 어머니의 마지막 소원을 꼭 들어드리고 싶었기 때문입니다.

이렇게 여행을 떠날 때 아들의 나이는 70대, 어머니는 90대였습니다. 자녀들을 다 키워 결혼시키고, 아내가 죽은 뒤 고향에 돌아온 늙은 아들이 90대의 어머니를 모시고 중국 일주에 나선 겁니다. 무려 3년 동안 아들은 어머니를 태우고 달리면서 여행을 했습니다.

영화와 책으로 만든 감동적인 이야기

"어머니와 함께 달리는 모습을 취재하러 왔습니다."
중국 곳곳의 방송국이 취재를 하면서 이 얘기가 영화가 되기도 했고, 책으로도 만들어졌습니다. 그래서 아들과 어머니는 중국에서 아주 유명한 사람이 되었답니다. 90대 어머니와 70대 아들의 여행 영화를 보는 사람들은 모두 감동의 눈물을 흘렸습니다.

"어머니와 함께한 여행이 제 인생의 가장 빛나는 큰 선물이었습니다."

왕일민 할아버지의 어머니를 생각하는 효심

어머니는 103세에 돌아가셨습니다. 하지만 어머니가 그토록 가고 싶어 하던 티베트에는 못 갔습니다. 그래서 다음과 같은 유언을 했습니다.

"나 죽으면 화장해서 티베트에 뿌려 다오."

아들은 어머니의 유언을 받들어서 어머니를 모시고 티베트에 돌아왔습니다.

중국 가장 북쪽 흑룡강 탑하에서 남쪽인 해남도까지 90대 노모와 떠난 70대 왕일민 할아버지의 자전거 여행 이야기는 부모에 대한 효가 점차 사라지고 있는 요즈음 가족과 부모의 소중함을 깨닫게 하면서 많은 감동을 주었답니다.

화목한 가정 만들기

가족 간에 예절을 지키고, 형제자매들도 서로 우애가 있고 부모님에게 늘 감사하는 마음과 효도하는 마음이 있다면 사랑이 넘치는 화목한 가정이 될 수 있습니다.

가족 행사로 마음 전달하기

생일이나 명절, 혹은 엄마 아빠의 결혼기념일 등은 가족의 화합을 다질 수 있는 날들입니다. 이런 날에는 각자 선물을 하도록 합니다. 선물이 비싸다고 가족의 사랑을 잘 표현하는 건 아닙니다. 마음이 담긴 정성 어린 선물이 더 중요하답니다.

가족 행사를 하면 카드를 준비하거나 편지를 써서 자신의 마음을 적극적으로 표현하는 것도 중요합니다. 말하지 않으면 그 마음을 알 수 없으니까요.

사랑이 가득한
가정 만들기

가족들과 집안일이나 청소 함께하기

부모님과 친척들에게도 인사 잘하기

부모님의 심부름 잘하기

형제자매 사이에 우애를 갖고 돕기

외출할 때 나가는 곳과
돌아오는 시각 부모님에게 말하기

밖에 나갈 때, 들어올 때
부모님에게 인사하기

부모님께

엄마 아빠의 사이가 나쁘면 아이 심리가 불안정해져요

　우리는 행복하기 위해서 가족들 모두 힘을 합쳐야 하며 어려운 일이 생길수록 똘똘 뭉쳐야 한다고 믿습니다.

　그러나 실제로 많은 가족들은 서로 배려하거나 이해해 주는 등의 노력을 많이 하지는 않습니다. 그 이유는 함께 살고 있기 때문에 서로 노력을 안 해도 별 문제가 없을 것이라고 생각하기 때문입니다.

　특히 엄마, 아빠의 사이가 그런 경우가 많지요. 자기 입장에서만 얘기를 하고 상대방인 남편이나 아내가 하는 얘기에는 귀를 기울이지 않는 부부들이 늘어나고 있습니다. 부부나 가족들도 '역지사지'로 서로 입장을 바꿔서 생각하는 습관을 들이는 것이 중요합니다.

밖에서는 법 없이 산다는데…

　친구나 친척, 회사 등에서는 친절하고 예의 바르다는 사람 가운데서 집에서는 아내나 남편, 아이들을 함부로 대하는 사람들이 있습니다. 회사에서는 짜증 한 번 안 내는 사람이 집에 와서는 짜증을 내는 게 당연하다고 생각하는 사람들이 있습니다. 짜증난 일이 있을 때 대화를 통해서 가족에게 얘기하고 위로를 받는다면 '가족의 힘'을 바람직하게 이용하는 게 됩니다.

　하지만 무턱대고 화를 내고 짜증부터 내는 행위는 가족들에게 마음의 상처를 주고 가족의 힘을 무너뜨리는 행동이 된답니다. '가족이기 때문에 그래도 된다.'는 생각부터 고쳐야 합니다. '가족이기 때문에 더욱 그러면 안 된다.'는 것을 가슴 깊이 새겨야 합니다.

　　가족에게 함부로 대하지 마세요!
　　가족은 우리가 고마움을 모르고 숨을 쉬고 있는 공기와 같은 존재일 거예요. 이렇게 소중한 가족을 계속 함부로 대하면 상처를 입는 가족이 생기면서 결국은 행복한 가정을 유지하기 힘들게 됩니다.
　　행복한 가정을 만들려는 엄마 아빠의 노력이 없으면 부부 사이가 나빠지면서 아이들의 심리가 불안정해지고 자존감이 낮은 아이로 자랄 가능성이 많답니다. 특히 소아 우울증을 앓는 아이들도 생긴다고 합니다. 사춘기를 지나면서 문제가 있는 청소년으로 자랄 가능성도 높아진다고 합니다. 그래서 행복한 가정을 만들려는 노력은 엄마 아빠뿐만 아니라 아이들을 위해서도 아주 중요하답니다.

4 가족은 작은 학교

요즘 어린이들의 품성이 나빠지고 예의를 모른다는 말을 많이 합니다. 그렇다면 이런 것들은 모두 학교에서 배울 수 있을까요? 그렇지 않습니다.

인간의 성품과 습관은 아주 어릴 때 자리를 잡는다고 합니다. 그 이야기는 가족들 가운데서 아이의 인성이 길러진다는 뜻입니다. 그래서 집은 '작은 학교'이고, 그 안의 구성원은 다 스승이고 학생이 될 수도 있습니다.

가족에게 배우는 예절

인사는 예절의 기초입니다. 왜냐하면 서로를 배려하는 마음이기 때문입니다. 인사를 시간과 장소에 따라 잘할 수 있으면 친구도 잘 사귀고 주위 사람들에게 좋은 인상도 줄 수 있습니다. 친구나 어른을 만났을 때, 알맞은 인사나 말을 잘할 줄 아는 게 그래서 중요합니다. 그런데 이러한 예절은 대개 가족들에게서 배우게 됩니다. 여러분들이 아침에 눈을 뜨면 가장 먼저 만나거나 보는 사람이 누구인가요? 바로 가족들이죠. 엄마든 아빠든 동생이든. 그래서 인사 예절은 가족에게서 배우게 되는 거랍니다.

가족과의 아침 인사

아침에 일어나면 어른들에게 밤새 편안하게 주무셨는지 인사를 해야 합니다. '안녕히 주무셨습니까?' 이렇게 인사를 하면 대개의 부모들은 '오냐, 너도 잘 잤니?' 이렇게 인

사를 하게 되지요. 서로 인사를 나누지 않으면 가족 모두 아침부터 기분이 나빠질 수 있기 때문에 꼭 인사를 하도록 합시다.

식탁에서의 인사

어린이들은 어른들이 자리를 잡은 뒤, 집안에서 가장 웃어른이 수저를 들고 식사를 시작하는 것을 보고 수저를 듭니다. 식사를 할 때는 먼저 식사를 준비한 사람에 대한 고마

움의 뜻으로 "감사히 먹겠습니다."하는 인사도 잊지 말고 해야 하겠죠!

집을 나설 때의 인사

학교나 학원에 갈 때 혹은 친구 집을 가더라도 꼭 부모님께 인사를 해야 합니다. 어른들은 인사 없이 아이가 집을 나가면 무슨 일이 난 게 아닌지 걱정을 할 수 있기 때문입니다. 이

렇게 엄마 아빠에게 걱정을 끼치지 않는 태도가 바로 효도의 시작이랍니다.

형제자매간의 인사

형제자매는 부모에게서 피를 함께 나눠 받은 아주 가까운 사이입니다. 서로 애정을 담아 인사를 건네야 합니다. 식사 시간이 지났으면 밥을 먹었는지 물어보고, 얼굴을

살피면서 무슨 일은 없는지 등을 서로 챙겨야 합니다. 그래야 우애 깊은 형제자매가 되겠죠?

아는 사람을 만났을 때

길을 가다가 아는 친구나 선생님을 만나면 인사를 해야 합니다. 우리가 자주 만나는 분은 선생님입니다. 특히 선생님에게는 예를 다해 인사를 해야 선생님도 가르치는 보

람을 느끼겠죠. 그리고 동네 어른을 만났을 때도 고개를 숙이고 예절을 갖추어 인사를 해야 합니다.

부모님에 대한 인사

부모님은 집안의 어른입니다. 엄마 아빠가 나가고 들어올 때 반드시 인사를 해야 합니다. 인사는 서로의 안부를 확인하는 것이기도 하지만 부모님에게는 존경의 마음도 표

하는 것이기 때문이지요. 자기 방에서 말로만 성의 없이 인사를 하거나, 고

개만 끄덕이는 건 집안의 어른에 대한 예의가 아닙니다.

이런 태도 때문에 회사에서 일을 마치고 집에 들어온 엄마나 아빠가 마음이 상할 수 있습니다. 그러니 어린이들은 꼭 대문 앞까지 나가서 공손히

우리나라 어버이날의 역사

아하 그렇구나

한국에서는 1956년부터 5월 8일을 어머니날로 정해서 기념해 오다가 1973년부터 어버이날로 바꾸어서 현재까지 이어오고 있습니다. 전통적인 가족 제도를 계속 잇고, 부모에게는 효를 다하고 모범적인 가정을 꾸려가기 위해서 만들었답니다.

어머니날은 원래 한국에서 만든 것은 아니고, 어버이의 영혼에 감사하기 위해서 사순절 첫날부터 넷째 주 일요일에 교회를 찾는 영국과 그리스 등의 풍습과, 1910년쯤 미국에서 한 여성이 어머니를 기리기 위해 교회에서 하얀 카네이션을 나누어 준 데서 비롯되었답니다. 그러다가 미국에서는 제28대 대통령 윌슨이 1914년 5월 둘째 주 일요일을 어머니의 날로 정하면서 기념일이 되었지요.

지금까지 5월 둘째 주 일요일에 어머니가 살아 있는 사람은 빨간 카네이션을, 어머니가 돌아가신 사람은 흰 카네이션을 가슴에 달고 어머니날을 기념하고 있답니다.

고개 숙여 인사를 하도록 합니다.

"엄마, 안녕히 다녀오셨어요?", "아빠, 안녕히 다녀오셨어요?"

이렇게 인사는 가족들 사이에서 꼭 배워야 하는 기본 예의입니다. 가족들 사이에서 인사 습관이 잘 든 어린이들은 밖에서도 다들 가정 교육을 잘 받았다고 칭찬을 한답니다. 하지만 인사 예절을 못 배운 어린이들은 엄마 아빠를 욕 먹이게 되지요. 인사는 그 가족이 예의를 갖춘 가정인지 아닌지를 알 수 있는 기준이 되기도 한답니다. 그러니까 인사 예절을 잘 알아야겠죠?

아하 그렇구나

화목한 가정을 위해서 조상들은 어떻게 효도를 했나요?

옛 조상들이 정리한 《사자소학》에서는 효에 대해서 다음과 같이 말했답니다.

· 엄마나 아빠가 부르면 대답하고 빨리 갑니다.

· 엄마 아빠가 들어오거나 나갈 때는 반드시 일어섭니다.

· 밖으로 나갈 때는 꼭 부모님의 허락을 받고 나가고, 돌아오면 말씀을 드립니다.

· 엄마 아빠가 주는 음식은 항상 고마운 마음을 갖고 맛있게 먹습니다.

· 엄마 아빠가 일을 시키면 싫다고 하지 않고 열심히 합니다.

최부잣집의 작은 학교 이야기

가족이 '작은 학교'라고 생각했던 옛날 어른들은 가족을 위해서 가훈을 만들었습니다. 가훈은 가족에게 가르침을 주고 싶어 하는 내용이지요. 그래서 가훈을 적어서 액자 같은 곳에 끼워 집 안에 걸어 두었답니다. 요즈음도 가훈을 적어서 거실에 걸어 두고 어린이들이 생활하면서 가훈을 마음에 새기도록 하는 가족들이 있습니다.

그런데 가훈이라니까 무조건 따르기 어려운 내용들을 가훈으로 정해서 실천해야 한다고 생각하는 사람들이 있습니다. 그러나 따르기 어려운 내용이라고 꼭 좋은 가훈은 아닙니다. 가족 모두 동의하고 행동으로 옮길 수 있는 내용들이면 가훈으로 모두 좋답니다.

경주 최부잣집의 가훈을 한번 살펴볼까요.

굶어 죽는 마을 사람들이 생기면 안 된다!

경주 최부잣집은 400년 동안 9대 진사, 12대 만석꾼을 배출했습니다. 특히 최부잣집은 흉년이 들어 마을 사람들이 굶어 죽는 일을 막기 위해서 집 문 앞에 커다란 쌀 항아리를 두었던 것으로 유명합니다. 배고픈 마을 사람들이 쌀을 가져다가 밥을 해 먹을 수 있도록 한 것이지요. 혼자만 잘살겠다는 마음이 아니라 주위 사람들의 고통도 헤아릴 줄 아는 진정한 부자였답니다.

최부잣집은 1년에 쌀 3천 석 정도를 생산했는데 1천 석은 집에서 사용하고, 1천 석은 손님들에게 베풀고, 남은 1천 석은 주위에 있는 가난한 사람들에게 나누어 주었답니다.

근검절약하는 최부잣집 가훈

근검절약하는 생활을 당연하게 생각하고, 남을 헤아리는 마음을 갖고 있었던 최부잣집은 어떤 가훈을 갖고 있을까요? 최부잣집의 가훈을 보고 우리 어린이들도 우리 가족만이 아니라 친구나 이웃의 마음도 헤아릴 수 있기를 바랍니다.

· 과거를 보되 진사 이상의 벼슬은 하지 마라.

· 만 석 이상의 재산은 사회에 환원하라.

· 흉년기에 땅을 늘리지 마라.

· 지나가는 손님을 후하게 대접하라.

· 주변 100리 안에 굶어 죽는 사람이 없게 하라.

· 시집온 며느리는 3년 동안 무명옷을 입어라.

가족과 놀이

대부분의 어른들은 놀이를 대수롭지 않게 여깁니다. 그리고 쓸데없는 것이라고 생각하기도 합니다. 하지만 사람은 일과 노는 것을 원래 잘 구분하지 않았습니다. 어른들도 각종 스포츠나 취미 활동을 즐겨야 일도 더 활기차게 할 수 있답니다.

옛날에는 아이들이 모두 집 밖 골목에서 놀았습니다. 그렇게 어울려 놀다 보면 대장도 생깁니다. 아이들과 어울리다 보면 신체도 발달하고, 생각도 발달합니다. 이런 골목대장 놀이를 하면서 학교를 가거나 사회생활을 할 때 겪을 일을 미리 연습해 볼 수 있었습니다. 하지만 요즈음은 아이들이 함께 밖에서 뛰어놀기가 힘들어졌습니다. 그래서 가족들이 어린이들의 놀이 상대도 되어야 합니다. 가족이 함께할 수 있는 놀이에는 무엇이 있을까요?

가족이 함께할 수 있는 놀이로 사회성을 길러요

실내에서라면 공기놀이라든가 윷놀이 혹은 같이할 수 있는 운동 등을 들 수 있습니다. 이런 놀이를 하면서 어린이들은 성장합니다. 규칙을 지키고, 놀이에서 이기기 위해서 노력을 하고, 작은 승리를 경험하면서 자존감을 높여 갈 수 있습니다. 뿐만 아니라 놀이를 통해 자유롭게 아이디어를 만

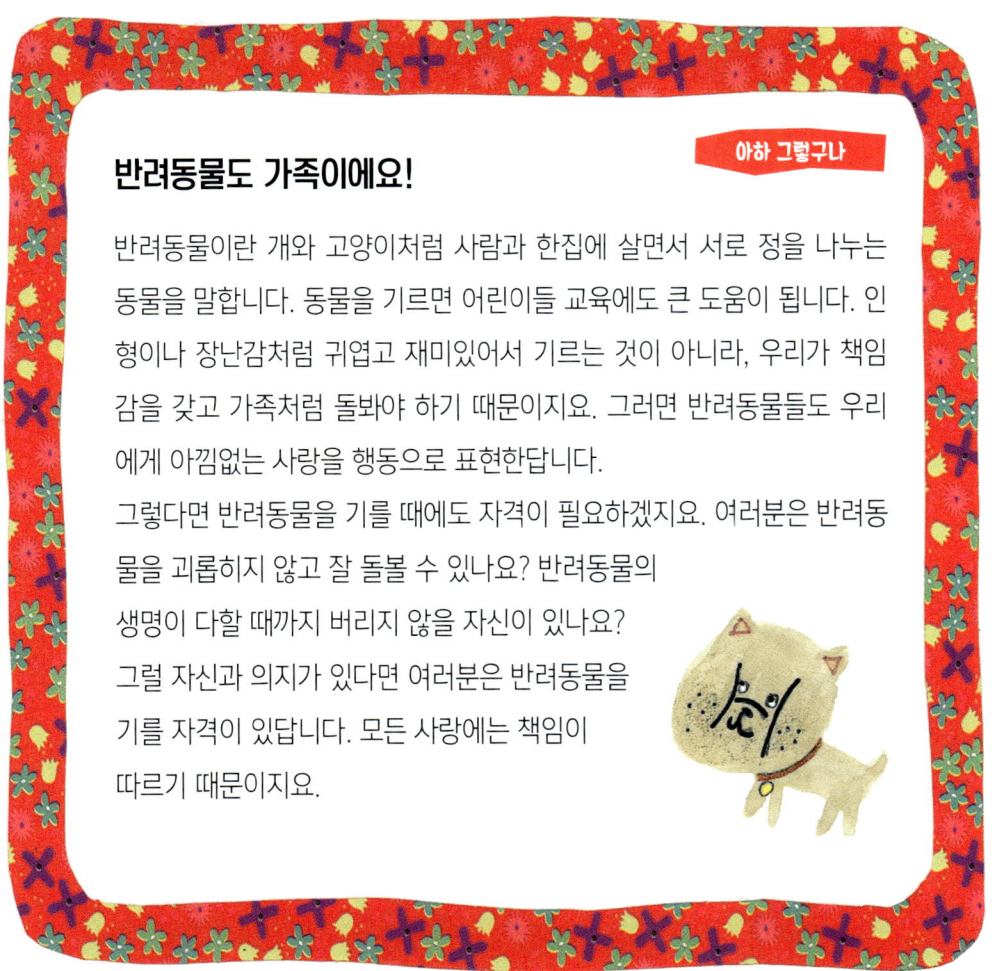

반려동물도 가족이에요!

아하 그렇구나

반려동물이란 개와 고양이처럼 사람과 한집에 살면서 서로 정을 나누는 동물을 말합니다. 동물을 기르면 어린이들 교육에도 큰 도움이 됩니다. 인형이나 장난감처럼 귀엽고 재미있어서 기르는 것이 아니라, 우리가 책임감을 갖고 가족처럼 돌봐야 하기 때문이지요. 그러면 반려동물들도 우리에게 아낌없는 사랑을 행동으로 표현한답니다.

그렇다면 반려동물을 기를 때에도 자격이 필요하겠지요. 여러분은 반려동물을 괴롭히지 않고 잘 돌볼 수 있나요? 반려동물의 생명이 다할 때까지 버리지 않을 자신이 있나요? 그럴 자신과 의지가 있다면 여러분은 반려동물을 기를 자격이 있답니다. 모든 사랑에는 책임이 따르기 때문이지요.

들면서 창의성도 발달하게 되지요.

놀이를 하다 보면 신선하고 활기찬 에너지도 많이 얻게 됩니다. 이 에너지는 가족을 화목하게 만들어 준답니다. 뿐만 아니라 놀이가 주는 즐거움은 삶의 기쁨과도 연결된답니다. 놀이를 통해 다른 사람과 쉽게 친해지는 사교성을 배우고, 질서를 지키고 규율에 순종하는 사회성도 기를 수 있답니다.

요즘 이런 놀이의 중요성은 무시되고 오로지 공부만 강요되고 있습니다. 아무리 공부를 많이 해서 실력을 쌓아도 놀이를 통해 얻은 친구 관계, 사회성 등이 결합되어야 탄탄한 자신만의 힘과 생각을 갖게 된다는 것을 알아야 합니다. 놀이는 친구들과의 관계를 기쁨과 즐거움으로 묶어 주는 굵은 동아줄이랍니다. 엄마 아빠도 아이들과 많이 놀아줌으로써 자녀의 신체 발달, 감성 향상 그리고 사회성 개발을 도와주어야 합니다.

가정 교육의 롤모델은 부모입니다!

"철수는 부모님께 가정 교육을 엄격하게 받으며 컸습니다."
"민지가 가정 교육을 제대로 받았다면 저렇게 함부로 행동을 할 리가 없습니다."

우리는 생활하면서 이런 이야기를 많이 합니다. 도대체 가정 교육이 뭐기에 이런 말들을 하는 걸까요?

가정 교육은 생활 속에서 부모가 자녀에게 주는 자연스러운 가르침이나 영향을 뜻합니다. 학교 교육처럼 시간을 정해 놓고 아이들을 지도하는 것은 아니랍니다. 아이들을 위한 가장 좋은 가정 교육은 부모의 솔선수범입니다.

바람직한 성인으로 자라게 하는 가정 교육
1. 자녀들이 스스로 행동을 하도록 이끈다.
2. 고난을 이겨내고 견디는 힘을 길러 준다.
3. 책임감의 중요성을 알게 한다.
4. 상대방의 의견을 경청하고 존중하는 예의를 가르친다.
5. 세상과 소통하는 긍정적인 사람으로 자라도록 한다.

부모부터 자기 계발에 힘써야 합니다

자녀의 가정 교육을 위해서 중요한 건 부모들이 스스로 실천하면서 아이들의 롤

모델이 되어야 한다는 것입니다. 그러면 아이들은 부모를 따라 하게 되어 있습니다.

부모부터 자기 계발을 하고 아이들을 생각하면서 늘 말과 행동을 조심하면 자녀들에게 부모들이 원하는 가정 교육을 시킬 수 있을 겁니다.

저쪽으로 가시면 될 거예요.

아~

꼭 알아야 할 전화와 인터넷 예절

요즘 어린이들은 휴대 전화를 거의 갖고 있습니다. 편리하기는 하지만 얼굴을 직접 맞대고 대화를 하는 게 아니기 때문에 문제가 생길 수도 있습니다. 그렇기 때문에 예의 없이 통화해도 될 거라고 생각하는 사람도 있지만 그럴수록 더 예의를 갖추어야 합니다. 전화 통화를 할 때는 다음과 같은 예절을 지켜야 합니다. 전화를 어떻게 받느냐에 따라 그 사람의 사람다움이나 교양 수준 등을 알 수 있답니다.

1. 전화를 받을 때

전화벨이 울리면 우리나라에서는 전화를 받는 사람이 먼저 말을 해야 합니다. 비록 잘못 걸려 온 전화일지라도 예의 바르게 대해야 합니다.

2. 전화를 걸 때

상대방이 전화를 받으면 먼저 인사를 하는 것이 좋습니다. 그리고 자신을 먼저 밝히는 것이 기본 예절입니다. 어른과 통화를 마칠 때는 어른이 끊는 것을 확인하고 전화를 끊는 것이 예의입니다.

3. 용건만 간단히

그리고 항상 메모지와 필기구를 곁에 준비해서 중요한 사항은 메모해서 여러 번 통화하는 일이 없도록 합니다. 물론 용건만 간단하게 짧게 통화하는 것이 좋습니다. 전화기는 개인 것이지만 연결한 선은 몇 십 몇 백 명이 함께 쓰는 것이기 때문입니다.

또한 버스나 지하철 등 공공장소에서 큰 소리로 오랫동안 통화해서 남에게 피해를 주는 경우가 많습니다. 공공장소는 개인 공간이 아니기 때문에 다른 사람을 배려할 줄 알아야 합니다.

그리고 112나 119 등에 장난 전화를 거는 일은 없어야 합니다. 이런 장난 때문에 응급을 요하는 환자들의 생명이 위급할 수 있으니까요.

4. 인터넷과 SNS 예절

인터넷과 SNS를 이용하는 사람들이 증가했지만 예절을 무시하고 댓글을 달아서 상처를 주는 일들이 많아지고 있습니다. 인터넷이나 SNS의 댓글 또한 얼굴을 직접 마주하지는 않지만 서로 자신의 생각을 말하는 것이므로 상대방에 대한 예절을 지켜야 합니다. 서로 볼 수 없고, 모른다고 막말을 하거나 욕을 하는 것은 스스로에 대한 자존감을 포기하는 것과 같답니다.

5 가족을 어떻게 지켜야 하나요?

요즈음 이혼하는 가정이 늘어나고 있습니다. 엄마 아빠가 서로 문제가 생기면 대화로 풀기보다는 서로 언성을 높이고 싸우기를 반복하다 결국은 이혼 얘기까지 나오게 되나 봅니다. 하지만 서로 마음을 터 놓고 얘기하면 풀지 못할 게 없다고 생각합니다.

남의 일에만 너무 적극적인 아빠

태민이 아빠는 잠시도 가만히 있지 않고 무언가를 열심히 합니다. 아침에는 일찍 일어나 집 앞을 청소합니다. 마음씨도 착해서 동네 사람들 가운데 어려움이 있는 사람은 늘 보살피고 챙겨 줍니다.

"아유, 할머니 제가 들어다 드릴게요."

동네에서 무거운 짐을 들고 가는 노인을 보면 태민이 아빠가 도움을 줍니다. 동네에서도 크고 작은 일이 생기면 항상 가서 도움을 준답니다.

아빠, 우리하고 좀 놀아 줘요!

"아빠, 좀 놀아 줘요."

태민이가 모처럼 휴일에 아빠에게 놀아 달라고 매달렸습니다.

"태민아, 안 돼. 오늘은 아빠 친구네 집이 이사를 가서 도와주러 가야 해."

태민이 아빠는 이렇게 남의 일만 챙기다 보니 쉬어야 할 휴일에도 쉬지를 못합니다. 태민이와 놀아 주지도 못하고, 함께 놀러 가지도 못하고, 남의 일에만 온통 시간을 뺏기면서 살고 있습니다.

"아빠 미워!"

태민이는 울먹이다가 엄마와 함께 따로 놀러 나갔습니다.

그 시간에 아빠는 친구를 도와서 이삿짐을 날라 주고 있었습니다.

자식은 부모의 거울입니다

태민이 엄마는 그날 저녁 아빠에게 불만을 말합니다.

"여보, 이제 우리 가족을 위해서 시간을 좀 내요."

"나는 가족과 이웃을 위해서 살고 있다고 생각하는데…."

"우리 가족을 위해서 일하는 것은 알겠는데, 가족이 함께 시간을 갖고 여행도 하고 태민이하고 주말에 놀아 준 적이 있는지 생각해 봐요?"

"그건 친구나 동네에 일이 생겨서 그런 거지."

"당신한테는 가족이 하찮게 생각되는 것은 아닌가요? 왜 이웃이나 친구 일이 가족보다 언제나 먼저여야 하죠?"

아빠와 엄마의 목소리가 커집니다. 아빠는 가족보다는 주위 사람들을 도와주는 게 가족의 일보다는 먼저라는 생각을 갖고 있는 것 같습니다. 하지만 가족을 꾸린 이상은 가족이 최우선이어야 합니다. 아이들이 자랄 시기에 부모가 놀아 주면서 시간을 많이 갖는 것이 중요합니다. 어린이들은 엄마 아빠를 보면서 부모의 거울처럼 성장하기 때문이지요.

스크루지 영감과 크리스마스

찰스 디킨스의 유명한 작품 《크리스마스 캐럴》은 가족도 없이 일만 하는 스크루지 영감의 이야기입니다. 주인공 스크루지는 구두쇠로서 인정이라곤 찾아볼 수 없는 돈만 아는 수전노입니다. 못생긴데다가 아주 듣기 싫은 목소리까지 가졌지요. 거지들까지 스크루지에게는 동전 한 닢 구걸하지 않았답니다.

그랬던 그가 크리스마스 전날 밤 함께 사업을 하다가 7년 전에 죽은 동업자 말리의 유령을 만나면서 사람이 변하게 됩니다. 꿈에서 깨어나자 자기가 주변 사람들에게 얼마나 많은 상처를 주고 베풀지 못하고 살아왔는지를 깨닫기 시작했습니다. 그러면서 완전히 다른 사람이 되어 가족과 이웃의 소중함을 알게 된다는 이야기입니다.

이 작품을 쓸 때 디킨스는 다섯 번째 아이의 출산을 앞둔 데다 많은 빚 때문에 살림살이가 어려웠다고 합니다. 작가의 경제적 어려움과 영국의 사회적 분위기가 어우러져서 가족의 소중함과 사랑의 실천이 가장 중요하다는 것을 일깨우는 세계적인 소설이 탄생했답니다.

미래에도 가족을 지킬 수 있을까요?

미래에 가족은 어떻게 될까요? 여자 중심의 모계사회가 남자 중심의 부계사회로 변했듯이 시간이 흐르면서 가족의 모습도 변할 수 있습니다. 그렇다면 앞으로 가족의 모습은 어떻게 될까요?

요즈음 가족이 힘을 잃어가고 있다고 생각하는 사람들이 많습니다. 가족을 위해서 서로 희생하기보다는 이기심만 내세우는 가족이 늘어나기 때문이랍니다. 게다가 가족의 구성원이 적어지면서 문제가 생기면 부모가 쉽게 이혼하는 경우가 늘어나기 때문이지요.

하지만 요즈음 가족은 쇠

퇴하는 게 아니라 변화하고 있다고 말하는 사람도 있답니다. 많은 가족은 여전히 활기차고 행복하게 살고 있으며, 사회의 흐름에 따라 가족도 변화하고 있다는 것입니다.

예를 들어서 요즘 젊은이들이 결혼을 늦게 하는 것은 섣불리 결혼해서 가족들을 불행하게 만드는 것을 피하기 위해서랍니다. 마음과 몸이 건강하고, 경제적으로 안정이 되었을 때 결혼을 한다면 자신의 가족을 좀 더 안정적으로 이끌 수 있다고 생각하기 때문이랍니다.

결혼을 안 하려는 사람들은 가족을 책임질 자신이 없어서랍니다. 결혼을 했다가 이러저러한 문제로 이혼을 한다면 가족에게 더 많은 고통을 줄 수 있기 때문이지요.

사회적으로 가장 기본적인 단위인 가족은 미래에도 '가족의 힘'으로 서로 희생하고, 사랑하면서 구성원들을 지켜갈 것으로 본답니다.

엄마가 회사에 가고, 아빠가 살림을 해요

가족 간에 집안일에 대한 생각도 바뀌고 있습니다. 예전에는 무조건 어머니들이 집에서 가족을 보살피고 살림을 했습니다.

그러나 요즈음은 가족을 보살피면서 집에서 살림을 하는 남자들이 늘어나기 시작했습니다. 집안일은 여자만 해야 한다는 생각은 잘못된 편견입니다. 남자만 의사나 판·검사가 될 능력이 있다고 생각하는 것과 마찬가지이지요. 이 세상에서 남자나 여자에게만 적합한 일이 있다고 구별해서 생각하는 것은 잘못된 것이랍니다.

　남자들만 가는 곳이라 여겼던 군대에도 요즘은 여자들도 많이 갑니다. 이스라엘에서는 여자도 병역 의무가 있습니다. 그래서 남자와 동등하게 군대에 가서 전투를 하고 나라를 지키기 위해 똑같이 훈련을 받는답니다.

　가족들 사이에서도 서로에게 맞는 일을 구분해서 하는 것이 더 좋습니다. 미래에도 이렇게 가족 간에 서로를 배려하면서 사회의 변화에 따라 생각이나 생활 풍습 등을 바꾸면서 살아갈 것으로 생각한답니다.

조선 시대 할아버지의 육아 일기 《양아록》

조선 시대에도 육아 일기를 쓴 할아버지가 있답니다. 바로 《양아록》을 쓴 '이문건'이라는 할아버지랍니다. 손주를 키우면서 육아 일기를 세세하게 기록했습니다.

태어난 지 7개월이 되니 아랫니 두 개가 났구나!
이불에 파고들어 내 가슴을 만지면서 잠들 때는 내게 안기는구나.

이씨 문중의 희망인 손주 이숙길을 키우면서 느낀 점을 이렇게 기록했습니다. 할아버지는 손주와 잠도 같이 자고 밥도 같이 먹고 공부도 시키면서 사랑을 듬뿍 주었답니다. 나중에 손주가 커서 어린 시절을 기억하고 자신을 아끼고 사랑한 할아버지의 사랑을 헤아렸으면 하고 쓴 것이랍니다.
이처럼 가족의 역할은 정해진 것이 없을 뿐더러 고정적으로 바라보는 것이 편견임을 알 수 있습니다.

가족에게 성숙하고 균형 잡힌 어른이 필요해요

건강하고 행복한 가족을 만드는 데 가장 큰 역할을 하는 것은 부모가 성숙한 정서를 갖고 있는 균형 잡힌 어른이냐 아니냐에 있다고 합니다. 사람은 누구든지 가족 안에서 무조건 사랑을 하고, 이해하려는 마음을 갖도록 노력해야 합니다. 그러나 이렇게 하기 위해서는 부모부터 성숙하고 건강한 마음 자세가 있어야 합니다.

부모가 성숙해야 아이도 건강하게 능동적으로 자라요

고집이 세서 가족이나 남을 제압하려고만 하고, 화를 잘 내는 다혈질 성격의 아버지와 자기 주장이 전혀 없는 수동적인 엄마 사이에서 자란 아이들은 어떻게 될까요? 이들 부모 밑에서 자란 아이들은 아버지처럼 신경질을 잘 내고, 남을 무조건 제압하려는 성향을 갖거나, 엄마처럼 남에게 의지하려는 수동적인 모습을 보인다고 합니다. 이런 아이들은 성숙한 사회 구성원으로 일을 능동적으로 할 수 있는 어른으로 자라지 못한답니다.

전문 상담가를 만나서라도 문제를 해결해야 합니다!

부부 사이에 문제가 있다면 피하지 말고 함께 풀어야 합니다. 둘이서 해결하기 힘들다면 전문 상담가를 만나서라도 해결해야 합니다. 끊임없이 아이들 앞에서 싸우는 모습을 보이거나 수동적인 태도로 문제 해결 의지를 보이지 않는다면 아이들

이 정상적으로 잘 자랄 것이라는 기대는 포기해야 합니다.

아이들은 엄마 아빠의 소유물이 아니라 아이들이 자신의 생각을 올바르게 갖고 독립적인 인간으로 클 수 있도록 좋은 바탕인 가족을 만들어 주는 것이 부모의 임무입니다.

건강한 환경이 행복한 아이를 만들어요

그래서 부모 가운데 한 명이라도 가족의 균형을 잡고 가족 간의 배려심, 사랑, 자연스러운 감정 표현 등을 할 수 있도록 건강한 환경을 만들어 주려는 노력을 끊임없이 해야 합니다.

엄마나 아빠가 이런 자세가 되어 있지 않다면 건강하고 행복한 가족을 만들기는 불가능할 겁니다. 엄마 아빠는 자신의 가족을 행복하게 이끌어 갈 만큼 성숙한 인간으로서의 자격을 갖추었는지 한번 생각해 보시기 바랍니다.

6 가족의 사랑으로 꿈을 이룬 사람들

가족의 힘으로 어려움을 극복하고 자신이 하고 싶은 일을 해낸 사람들이 아주 많습니다. 가족들이 힘들 때는 격려를, 슬플 때는 위로를 그리고 기쁠 때는 함께 그 기쁨을 나누면서 힘을 주었기 때문이지요. 이렇듯 가족은 늘 서로를 지켜봐 주면서 서로에게 힘이 되는 사람들이랍니다.

동생의 도움으로 화가로 이름을 떨친 고흐

대부분의 예술가들은 가난하게 삽니다. 특히 예술가로 활동을 처음 시작할 때는 더욱 그렇지요. 예술가들의 작품을 누군가 알아주고 사 주어야 생활을 할 수 있는데, 처음 작품 활동을 할 때는 그렇게 하기가 쉽지 않답니다.

네덜란드의 유명한 화가인 고흐도 마찬가지랍니다. 처음 몇 년 동안 열심히 그림을 그렸지만 그림이 하나도 팔리지 않았지요. 요즈음은 세계적으로 유명한 대단한 화가라고 평가를 받지만 살아 생전에 그는 이런 얘기를 듣지

못했습니다. 이렇게 힘든 시기에 그를 보살피고 돌봐 준 가족이 있었습니다. 바로 고흐의 동생 테오입니다.

고흐는 테오에게 항상 편지를 썼습니다. 그러고는 필요한 것이 있으면 테오에게 부탁을 했지요.

"테오야, 잘 지내지? 이번 달 생활비가 좀 모자라는 구나. 조금만 도와줄 수 있겠니?"

그러면 동생 테오는 군말 없이 형에게 돈을 보내 주고 형이 그림을 그리는 데 필요한 붓과 물감까지 보내 주었습니다. 그래서 둘의 형제애는 지금까지도 우리들에게 큰 감동을 줍니다. 네 살 아래 동생이지만 테오는 고흐의 작품에 대한 무한한 애정을 갖고 형을 끝까지 지원해 주었습니다.

어떤 사람은 테오가 고흐를 위해 태어났다고 말할 정도입니다.

"형은 그림만 그려, 내가 끝까지 후원해 줄게!"

고흐는 원래 남과 잘 사귀지 못하는 성격이었습니다. 혼자 있는 것을 좋아하고, 책을 읽거나 자연을 관찰하는 것을 좋아했지요. 그러다가 학교도 그만두고 열다섯 살부터는 숙부가 하는 가게에서 점원으로 일했지만 그것 또한 오래 하지 못했습니다.

그 뒤 전도사가 되어 벨기에의 탄광 지역에도 갔지만 이 일 역시 마땅치 않았습니다. 그러던 차에 고흐는 그림을 그리는 화가가 되기로 했습니다.

이때 동생인 테오는 형처럼 점원 일을 시작했지만 고흐와 달리 생활을

참 잘했습니다.

"안녕하세요? 아주머니, 어서 오세요."

손님들이 올 때마다 깍듯이 인사를 하고, 친절하게 대해 주니 금세 점원으로 인정을 받아 그림을 팔고사는 화방에서 자리를 잡았습니다. 그림을 볼 줄 알고, 그림을 잘 팔고 또 투자를 위해서 좋은 작품을 살 줄도 알았습니다.

"형이 그림을 그린다면 내가 열심히 후원해 줄게. 그러니 꼭 시작해 봐."

"정말? 그럼, 너를 믿고 그림을 그려도 되겠니?"

"그럼, 아무 걱정 말고 그림만 그려."

'테오야, 고맙고 미안하다'

동생 테오는 형과 굳게 약속했습니다. 고흐는 그 덕에 동생이 보내 주는 돈을 받아 쓰면서 오로지 그림에만 몰두할 수 있었습니다. 날씨가 추워도, 또 날씨가 몹시 더워도 고흐는 밖에 나가서 그림을 그렸습니다. 고흐가

900점 가까운 많은 그림을 그릴 수 있었던 건 테오가 형을 위해 끊임없이 지원해 주었기 때문입니다. 수많은 고흐의 명작이 동생 테오의 도움으로 태어난 것이랍니다.

동생 테오는 형 작품의 뛰어남을 알고 여기저기 팔려고 애를 썼습니다.

하지만 딱 한 점밖에 팔 수 없었습니다.

"저희 형이 그린 작품입니다. 구도도 좋고 다른 작가들 것과 달리 색이 독특하지 않습니까?"

그당시 사람들은 유행을 따르지 않았던 고흐의 그림은 쳐다보지도 않았습니다. 그래도 테오는 형을 믿고 계속 지지해 주었답니다.

그러던 중 고흐는 오베르라는 곳에서 목숨을 끊고 말았습니다. 그의 주머니에서 발견된 메모지에는 이렇게 쓰여 있었습니다.

'테오야, 고맙고 미안하다. 내 그림이 영 안 팔리는구나. 내 영혼을 팔아서라도 너에게 보답을 할 수 있다면 얼마나 좋을까?'

테오는 형의 죽음을 한없이 슬퍼했습니다. 형이 죽고 나서 6개월 뒤에 동생 테오도 갑자기 이유 없이 죽고 말았습니다. 많은 사람들이 '사랑하는 형, 고흐를 잃은 슬픔이 너무도 커서 그렇게 된 것은 아닐까?' 하고 생각을 했답니다.

드디어 세계적인 거장이 된 고흐

그 뒤 테오의 아내가 남겨진 고흐의 그림을 모두 보관했습니다. 고흐와 테오가 주고받은 몇 백 통의 편지까지 한 통도 빼지 않고 지켰습니다. 그러고는 고흐의 그림을 세상에 알리는 일을 시작했지요. 사람들이 간혹 와서 그림을 싸게 살 수 있냐고 물으면 절대 그림을 싸게 팔 수 없다고 했습니다.

그러면서 고흐 그림의 참된 값어치와 진가를 알리려고 애를 썼답니다.

이런 과정을 거치면서 결국 고흐는 오늘날 세계적인 거장으로 평가를 받게 되었고, 그의 작품은 모두 걸작으로 인정받게 되었습니다. 네덜란드는 고흐 덕분에 더 유명해졌고, 고흐가 그림을 그리면서 지낸 프랑스 남부 지방은 오늘날 많은 사람들이 가고 싶어 하는 이름난 장소가 되었답니다.

가족은 살기가 힘이 들 때 서로가 기댈 수 있는 곳입니다. 고흐와 테오 형제를 보면, 고흐가 자신을 언제나 지지해 주는 동생이 있어서 이러한 성공을 거둘 수 있었다고 생각합니다.

화목한 가족 소설 《작은 아씨들》

《작은 아씨들》은 루이자 메이 올컷이 쓴 유명한 가족 소설입니다. 남북전쟁이 한창이던 미국을 배경으로 한 마치씨 집안의 자매들 이야기이지요. 큰 사건은 없지만 성격이 다른 네 자매들의 소박한 이야기를 통해서 가족의 행복이 무엇인지를 보여 주고 있습니다.

자상한 맏딸 메리, 적극적인 성격의 둘째 딸 조, 수줍음 많은 베스 그리고 귀여운 막내 에이미. 네 딸들은 전쟁에 나간 아버지를 대신해서 어머니와 함께 어려운 집안 살림을 꾸려 갑니다. 그러면서도 항상 웃음을 잃지 않았지요. 딸들은 남에게 의지하기보다는 스스로 서려는 자립 정신이 강했답니다.

그러면서 끊임없이 자기 계발을 하면서 발전을 꾀했지요. 네 딸의 공통점은 모두 자신의 인생을 살았지만 가족을 사랑하고 희생하고 봉사하는 마음도 가졌다는 것입니다. 《작은 아씨들》이 사랑이 넘치는 화목한 가족이란 어떤 것인가를 본보기로 잘 보여 주었다고 생각합니다.

정트리오를 세계적인 음악가로 키운 어머니

사방에서 폭탄 터지는 소리가 났습니다. 한국전쟁이 난 겁니다.

"얘들아, 어서 피난을 가야겠다, 서둘러라!"

어머니는 아들과 딸들을 데리고 트럭에 짐을 싣기 시작했습니다. 피난할 때 가장 필요한 것은 먹을 식량과 옷입니다. 그런데 어머니는 놀랍게도 피아노를 실으라고 했습니다.

"아니, 피아노는 뭐하려구요? 사람들이 죽고 사는 이 다급한 상황에 쌀을 한 포대라도 더 실어야지요!"

사람들이 말렸지만 어머니는 단호했습니다.

"우리 아이들은 음악을 합니다. 피아노부터 트럭에 실어 주세요."

한국전쟁도 자식에게 음악을 가르치려고 한 어머니의 열정을 막지는 못했습니다. 자식을 세계적인 음악가로 키운 정트리오의 어머니 이원숙 씨의 얘기입니다. 이렇듯 정트리오의 어머니는 7남매의 음악 교육에 아주 열성적이었습니다. 결국 이 자식들 가운데에서 세계적인 음악가들이 나왔답니다.

첼리스트 정명화, 바이올리니스트 정경화 그리고 세계적인 오케스트라의 지휘자이자 피아노 연주가인 정명훈이 바로 그들이랍니다. 정트리오로 불리며 세계적인 이름을 얻게 된 것은 이렇게 전쟁 중에도 피아노를 실어 나르던 어머니의 노력과 힘이 있었기 때문이지요.

아이들의 재능을 위해 시작한 국밥 장사

어머니는 자녀들의 재능을 일찍 발견했습니다. 그리고 아이들에게 음악을 가르치기 위해서 모든 노력을 기울였습니다. 해방 직후 개성을 떠나 서울로 온 정트리오의 어머니는 시장에서 국밥 장사를 시작했습니다. 장사해서 번 돈으로 자녀들에게 음악을 가르치기로 결심했기 때문이지요.

'시장에서 장사를 하니까 우리 아이들의 정서에 더 신경을 써 줘야겠다.'

아이들의 피아노 레슨을 본격적으로 시작하면서 돈이 항상 모자랐습니다. 국밥을 팔아서 아이들에게 음악을 가르친다는 건 정말 어려운 일이었답니다. 피아노 교육비를 지원하기 위해서 어머니는 옷도 사 입지 못했고, 늘 고무신 바람이었습니다. 하지만 전쟁 때문에 부산으로 피난을 가서도 아이들만은 좋은 선생님에게 피아노를 배울 수 있었습니다.

아이들의 합주가 서로의 마음을 읽게 해요

전쟁이 끝나고 서울로 돌아왔을 때 해수욕장에 가족 모두 놀러가게 되었습니다.

"얘들아, 음악만 한다고 좋은 연주가가 되는 것은 아니란다. 체력도 기르고 햇볕도 쐬고 자연과 호흡할 줄도 알아야 좋은 음악가가 될 수 있단다."

아이들은 해수욕장에서 신나게 놀 수 있을 거라고만 생각했습니다.

하지만 어머니에게는 다른 생각도 있었습니다. 어머니는 해수욕장에서도 아이들에게 바이올린 연습을 시켰습니다. 얼핏 생각하면 아이들을 못살게 구는 것처럼 보이지만 이렇게 함으로써 형제끼리 서로의 마음을 헤아리며 연주할 수 있도록 하기 위함이었답니다.

정트리오의 어머니는 7남매에게 음악을 가르쳤지만 모두 음악을 계속한 것은 아닙니다.

"엄마, 나는 공부해서 교수가 되고 싶어요."

"나는 사업가가 될 거예요."

"나는 의사가 되고 싶어요."

아이들이 이렇듯 자신의 꿈을 이야기하면 엄마는 그 꿈을 존중해 주었습니다. 부모의 욕심대로 자녀를 키우려고 하면 오히려 아이들의 삶을 망칠 우려가 있다는 것을 일찍이 알았기 때문입니다.

"얘들아, 모든 선택은 너희들이 해야 해. 그대신 엄마는 최선을 다해서 뒷바라지해 주마."

가족을 위한 어머니의 희생과 사랑

정트리오의 어머니는 특히 생일이나 학교 입학에 맞추어서 아이들에게 무언가를 격식에 따라 챙기기보다는 아이들이 필요로 하는 것을 제때에 집중해서 해 주었답니다.

그리고 어머니만의 세 가지 교육 방법이 있었답니다. 가장 먼저 자녀들에게 맞는 것이 무엇인지를 찾아주는 거랍니다. 그리고 두 번째는 아이가 그것을 좋아하고 즐거워하면서 스스로 하겠다고 결정을 내릴 때까지 기다리는 거랍니다. 세 번째는 아이가 결심을 하면 가장 효과적으로 할 수 있는 방법은 무엇인지를 찾아내고는 지원을 아끼지 않는 것이라고 합니다.

정트리오의 어머니는 아이들의 재능이 꽃피울 수 있도록 기회를 만들어 주고 이렇게 최선을 다해 뒷받침을 했습니다. 그래서 아이들도 어머니의 열정을 본받아서 자신의 꿈을 실현시키기 위해 더 많은 노력을 하게 되었답니다. 만일 어머니의 이런 희생과 사랑이 없었다면 세계적인 음악 가족 정트리오는 탄생할 수 없었을 겁니다.

가족의 힘과 진정한 어머

니의 힘이 무엇인지에 대해서도 함께 보여 준 셈이지요.

정명화 첼리스트는 다음과 같이 말했습니다.

"우리 7남매에 대한 어머님의 믿음과 칭찬은 그 어떤 교육보다도 큰 힘과 채찍질이 되었습니다. 어머님의 믿음과 사랑이 오늘의 우리를 만들었지요."

아하 그렇구나

가족이 주는 즐거운 행복 호르몬

우리 몸에서 나오는 호르몬은 건강을 유지시켜 주고 신체의 균형도 잡아 줍니다. 그 가운데 행복 호르몬이라는 게 있어요. 바로 세로토닌, 엔도르핀, 도파민 호르몬이랍니다.

세로토닌은 햇빛을 받으면 주로 생성된다고 하는데, 가족이 즐겁게 지내면 세로토닌이 증가한다고 합니다. 세로토닌은 우울증을 예방하고 치료할 수 있으며, 혈압을 낮추고, 아픔을 느끼는 통증도 약하게 만든답니다.

도파민은 가족 간에 서로 사랑하면서 재미있는 일을 많이 만들면 생긴다고 합니다. 짜릿한 기쁨을 느끼는 순간 도파민이 생성되면서 우리들을 건강하게 한다고 합니다.

엔도르핀은 사람들이 얘기를 할 때 생긴답니다. 식욕을 조절하고 통증을 줄여주는 역할도 한답니다. 이 세 호르몬의 공통점은 가족들 사이에서 행복을 느낄 때 많이 분비된다는 겁니다.

50여 명의 음악가가 나온 바흐 집안

요한 세바스찬 바흐(1685~1750년)는 서양 음악의 바탕을 만든 독일의 작곡가입니다. 바흐는 그야말로 보석같은 수많은 작품들을 남겼지요.

그런데 바흐의 삶은 여유롭지 않았답니다. 어릴 적에 부모님이 돌아가셔서 불우한 유년 시절을 보냈다고 합니다. 바흐는 두 번의 결혼을 통해 20명의 자녀를 낳았지만, 그 가운데 절반은 죽었답니다.

바흐는 교회에서 오르간 연주 및 합창단 지휘를 했지만, 많은 식구들을 먹여 살리기에는 돈이 턱없이 부족했지요. 그래도 바흐는 아이들에게 아주 다정하고 따스한 아버지였다고 합니다. 그리고 병으로 세상을 떠난 첫 부인에 이어 가정을 떠맡게 된 두 번째 부인도 지극한 사랑과 정성으로 아이들을 기르면서 바흐의 창작 활동을 뒷받침했다고 합니다.

바흐의 집안은 음악가를 많이 배출한 것으로도 유명합니다. 약 200년 동안 50여 명의 음악가들이 나왔다고 하지요? 정말 바흐라는 성은 음악가 집안에 꼭 어울리는 성씨 같지요!

모험을 즐기는 모험생으로 키우세요!

　이 세상에는 많은 자녀 교육 지침이 있습니다. 그 많은 지침들을 살펴보면 정말 다양한 가르침이 있다는 것을 알 수 있습니다.

　하지만 자세히 살펴보면 결국은 자녀의 자존감 지수를 높여 주는 것이 가장 중요하고 꼭 필요한 자녀들의 교육 지침임을 알 수 있습니다.

엄마는 아이에게 절대적인 존재랍니다

　미국 클린턴 대통령의 어머니는 아들에게 늘 "사랑한다."와 "엄마는 네 능력을 믿는다."는 말을 했습니다. 이 말을 들은 아들은 자존감이 상승할 수밖에 없었습니다. 아이에게 절대적인 존재인 엄마가 해 준 이 말이 살아가는 데 얼마나 큰 힘이 되었을지 알 수 있습니다.

　아이들이 뭔가를 시도했다가 실패했을 때도 아이들 스스로 실패를 과감히 인정하고 재도전할 수 있도록 해야 합니다. 실패를 해도 다시 도전할 수 있는 굳건한 자존감만 있다면 아이들은 건강하게 잘 살아갈 수 있답니다.

모험은 실패를 두려워하지 않습니다

　흔히 부모는 자녀가 모범생이길 원합니다. 주어진 일을 잘 해내고, 학업 성적도 우수하고, 성실하길 바랍니다. 그래서 요즘은 어른이 되면 다들 안정된 직장에서 일을 하기 바랍니다.

하지만 모범생은 규정과 틀을 못 벗어납니다. 새로운 도전과 창조적인 생각을 해 본 적이 별로 없기 때문입니다.

내가 나를 믿지 않으면 누가 믿겠어!

그러나 큰 성공을 거둔 사람들은 세상의 틀을 깨고 상식을 뒤엎은 사람들입니다. 스티브 잡스가 개인용 컴퓨터를 개발하고, 스마트폰을 만든 건 그가 모범생이어서 가 아닙니다. 그는 모험을 즐긴 모험생이었기 때문입니다. 모험은 실패를 두려워하 지 않는 것입니다. 그렇기 때문에 어떤 어려움이나 고난이 와도 좌절하지 않고 다시 도전해서 이겨 낼 수 있습니다. 그 마음에는 '스스로 해낼 수 있다는 자신을 믿고 자 신을 사랑하는 굳건한 자존감'이 자리잡고 있기 때문입니다.

'난 할 수 있어. 안 되면 될 때까지 할 거야. 내가 나를 믿지 않고 사랑하지 않으면 누가 그렇게 해 줄 것도 아니잖아.'

이러한 자존감은 어떤 도전이나 실패와 좌절로도 꺾을 수 없는 우리 자녀들의 보호막이며 도전 정신의 근원입니다.

가족의 힘으로 다시 태어난 이지선

2000년 어느 날 술을 마시고 운전을 하던 사람이 교통사고를 냈습니다.
그 차에 받힌 자그마한 차는 완전히 뒤집어지고 불까지 붙었지요. 운전
하던 남자는 간신히 차를 빠져나와 불이 붙은 차 안에서 정신을 잃은 여동
생을 가까스로 꺼냈습니다.

"지선아, 지선아! 정신 차려!"
동생의 이름은 지선이었습니다. 동생의 몸에는 이미 불이 붙었습니다.
불이 붙은 상태에서 힘들게 구했지만 살 수 있을지는 아직 몰랐습니다.

'살기 힘들 수도 있어요!'
동생을 응급차에 태우고 병원으로 내달렸습니다. 화상을 입었을 때는

초기 치료가 아주 중요하기 때문입니다. 병원 응급실에서 환자를 보던 의사 선생님이 말했습니다.

"중태입니다. 이런 상태에서는 살기 힘들 수도 있어요."

이 말을 들은 가족들은 지선이를 살리기 위해서 모두 힘을 합하기로 했습니다. 그 뒤, 화상으로 상한 피부를 살리기 위해서 피부 이식을 수도 없이 했습니다. 지선이와 가족 모두에게 엄청난 고통의 시간이 흘러갔습니다. 엄마는 딸을 위해서 음식을 입에 넣어 주면서 기도를 했습니다.

'이 음식이 지선이에게 피가 되고 살이 되게 해 주십시오.'

이렇게 흉한 몰골을 한 자신을 왜 살렸냐고 울부짖는 지선이에게 아무 말도 하지 못했습니다. 오빠는 같이 차에 탔지만 자신은 멀쩡한데 화상으로 예쁜 얼굴을 잃어버린 동생을 생각할 때마다 가슴이 너무 아팠습니다.

"차라리 널 불이 난 차에서 꺼내지 않았으면 이런 고통은 없었을 텐데…"

가끔씩 이렇게 이야기할 정도로 오빠도 괴로운 시간을 보냈습니다.

"너무 아프고 힘들지만 난 포기하지 않을 거야!"

하지만 지선이는 삶을 포기하지 않았습니다. 피부 이식을 계속하면서 조금씩 얼굴이 좋아졌습니다. 눈도 잘 감기지 않았고 피부는 당겨서 늘 건조했지만 지선이는 삶을 포기하지 않았습니다. 수술과 물리치료를 계속해야만 했습니다. 근육을 펴 주지 않으면 살과 근육이 그대로 오그라진 상태로 굳기 때문입니다.

"너무 아파서 더 이상 못하겠어."

지선이는 너무 힘이 들어서 물리치료를 조금 하다 울었습니다. 오빠는 이를 악물면서 지선이에게 모진 말을 했습니다.

"어서 해, 다섯 번 더 하란 말이야! 네가 이렇게 해 가지고 어떻게 다시 옛날 모습으로 돌아갈 수 있겠어!"

옛날 이야기를 하자 지선이는 아름다웠던 시절이 떠올랐습니다. 어린이들을 위한 상담사가 되고 싶었던 지선이는 꿈도 많은 아주 예쁜 아가씨였습니다. 예쁜 얼굴이 생각지도 못한 화재로 하루아침에 이렇게 바뀐 겁니다.

자신이 왜 이렇게 되었을까를 끊임없이 생각하다가 드디어 그 이유를 알게 되었습니다. 바로 이 사고가 자신보다 더 힘들고 어려운 처지에 있는 사람들의 마음을 헤아리고 그들을 위한 삶을 살라는 뜻임을 깨닫게 되었습니다.

"아빠, 엄마 그리고 오빠. 나 미국에 가서 공부해서 더 어려운 사람들을 위해 돕고 싶어요."

그 뒤 지선이는 미국으로 건너가 대학원에서 박사 과정을 밟았습니다.

힘든 사람들을 위해 봉사하고 노력할 준비가 더 필요했던 것입니다.

가족의 사랑으로 다시 꿈을 꾸게 되었어요

어느 날 지선이는 오빠에게 이렇게 물었습니다.

"오빠, 날 구한 거 후회해?"

그러자 오빠가 말했습니다.

"아니야, 널 구하길 잘했어. 왜 널 구한 걸 후회하겠어."

지선이는 힘든 역경을 가족과 함께 극복하고 또 다른 행복을 찾고 자신의 목표를 향해 나아가게 되었습니다. 그리고 지금은 어엿한 대학교 교수가 되었습니다. 이렇게 우리 모두는 아무리 힘든 일이 있어도 가족의 사랑만 있다면 시련을 극복하고 다시 행복을 꿈꾸면서 살아 갈 수 있답니다.

재미있는 독후활동

가족이란 나에게 어떤 존재인가요?

시대가 변하면서 가족의 형태도 많이 달라졌고 현대에는 다양한 형태의 가족이 있어요. 각 가족마다 특별한 색깔과 사연을 담고 있지요.

가족 형태와 구성원은 달라도 가족을 하나로 이어주는 것은 바로 '사랑'이죠.

가족에게 힘을 얻고, 가족을 잘 유지하기 위해서는 각자의 역할을 잘 해야 해요. 지금부터 우리 가족의 모습, 다른 가족의 모습에 대해 살펴보고, 가족 안에서 내가 해야 하는 역할은 무엇인지 책 속으로 들어가 보기로 해요.

내용 살펴보기

1. 가족의 형태에는 어떤 것들이 있나요?

_____

2. 한국의 전통적인 가족의 형태는 어떤 것인가요?

_____

3. '친척'이란 어떤 의미인가요?

_____

_____

4. 가족과 관련된 기념일에는 어떤 것들이 있나요?

_____

5. 가족 사이에 지켜야 하는 예절을 5가지 써 보세요.

1. _____

2. _____

3. _____

4. _____

5. _____

6. 우리나라에서 '이산가족'은 왜 생겼나요?

_____

7. 화목한 가정을 이루기 위해 각자 해야 하는 역할은 무엇일까요?

아빠 _____

엄마 _____

자녀 1 _____

자녀 2 _____

가족 마인드맵

'가족'이라는 주제로 마인드맵을 그려보세요. 필요한 경우 동그라미를
더 그려도 됩니다.

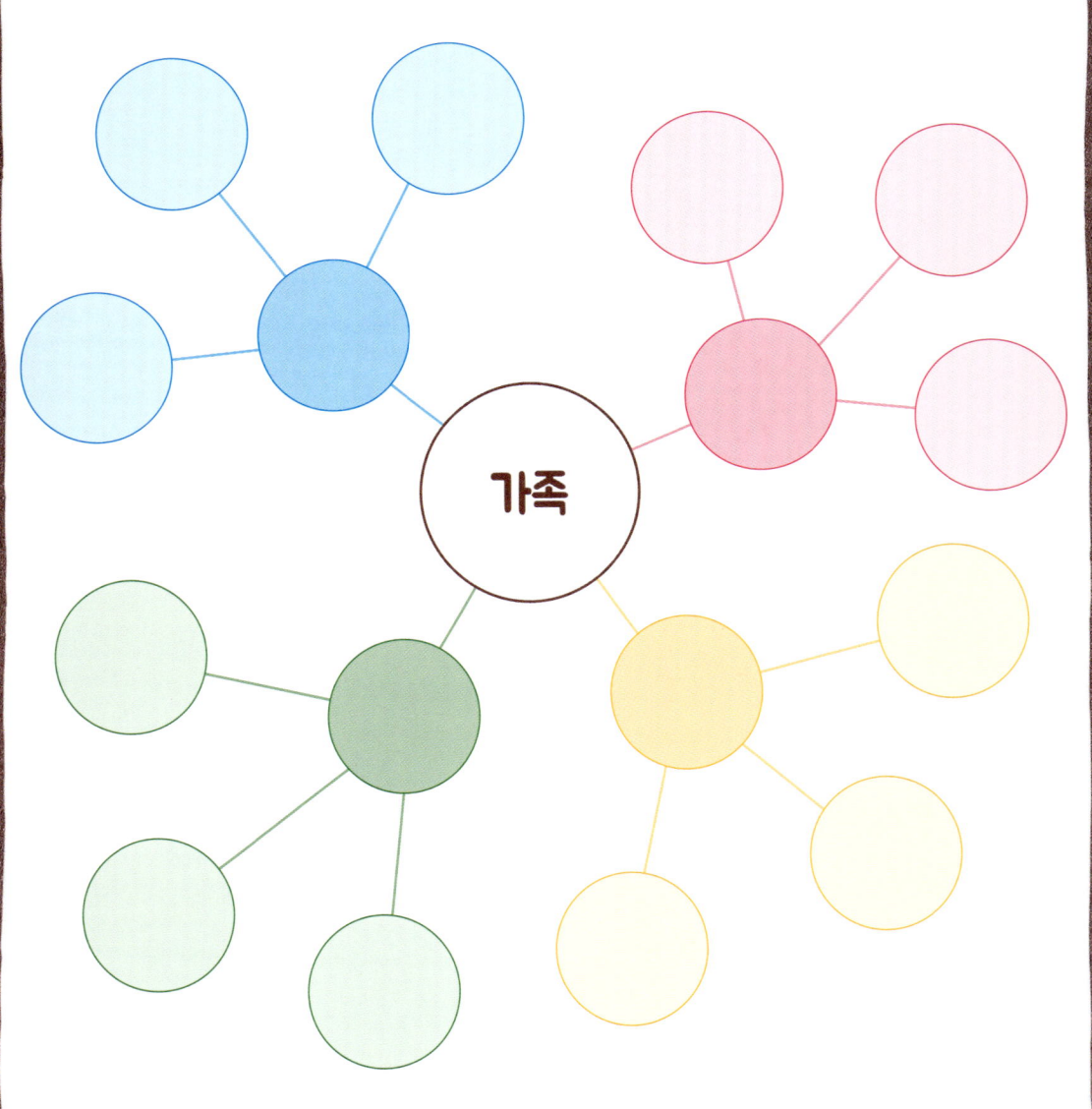

우리집 가계도

우리집 가계도를 그려보세요

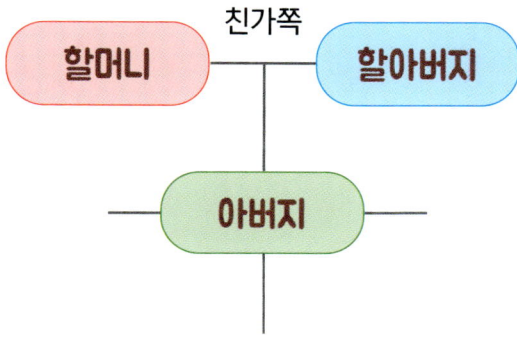

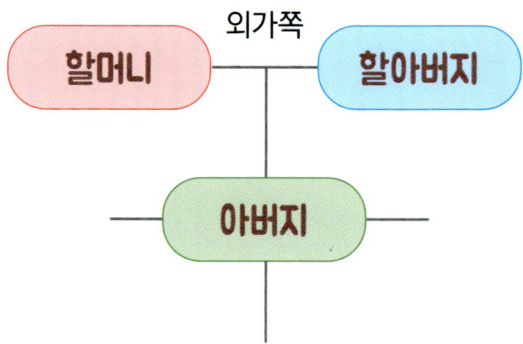

가족의 탄생 1 - 엄마와 아빠의 이야기

엄마와 아빠의 연애 시절 이야기를 듣고 여기에 적어 보세요.

_____

_____

_____

_____

_____

_____

_____

가족의 탄생 2 - 나의 태몽 이야기

엄마와 아빠는 내가 이 세상에 태어날 때 어떤 꿈을 꾸셨나요?

_____

_____

_____

_____

_____

_____

_____

_____

또 다른 가족 '반려동물'

1. 지금 키우고 있는 반려동물은 어떤 종류이고, 이름이 무엇인가요? (현재 반려동물을 키우고 있지 않다면 키우고 싶은 동물을 적어보세요)

_____

2. 반려동물을 키우면서 좋은 점과 불편한 점은 무엇인가요?

_____

3. 반려동물을 가족이라고 생각하나요? 이유는 무엇인가요?

_____

4. 반려동물을 끝까지 책임지지 않는 사람들이 있어요. 그들에게 하고 싶은 말은 무엇인가요?

_____

5. 반려동물을 키우기 전에 꼭 고려해야 할 점이 있다면 3가지 정도 말해 주세요.

_____

_____

_____

소중한 가족에게 쓰는 편지

편지로 내 마음을 전하는 시간이에요. 소중한 우리 가족에게 편지를 써 보세요. 편지글은 ① 받는 사람 ② 첫인사 ③ 할 말 ④ 끝인사 ⑤ 쓴 날짜 ⑥ 쓴 사람 순으로 솔직하게 작성하면 됩니다.

_____

_____

_____

_____

_____

_____

_____

_____

_____

_____

전정판 1쇄 발행 | 2022년 1월 3일

글 | 고정욱
그림 | 최은영
펴낸이 | 김영대
펴낸곳 | 도서출판 명주
출판등록 | 2011년 7월 20일(제 301-2013-083)
주소 | 서울특별시 강동구 천중로42길 45 2층
전화 | 02-485-1988
팩스 | 02-485-1488
ISBN 978-89-6985-013-3

* 8세 이상 어린이들을 위한 책입니다.
* 잘못된 책은 바꾸어 드립니다.